講談社文庫

悪の五輪

月村了衛

講談社

目次

悪の五輪……………………5
解説　柳下毅一郎…304

「オリンピック記録映画は、代々一流の監督は手掛けないんだそうだ」

——黒澤明

東條英機《とうじょうひでき》首相をはじめ、偉い人達の訓話はどうにもよく聞き取れなかった。たとえ明瞭に聞こえたとしても、自分には理解できなかったに違いない。

祖父の手を握った稀郎《きろう》は、雨の明治神宮外苑《めいじじんぐうがいえん》競技場で学校ごとに旗を掲げ、整然と並ぶ学生達をただぼんやりと眺めていた。

よく見ろ稀郎、あの中に専太郎《せんたろう》がおる――祖父はしきりとそう言っていたが、それでなくても学生服に学帽の出陣学徒は数が多くて黒い塊《かたまり》にしか見えないのに、降りしきる雨に煙ってどれが兄なのかまるで分からない。

正直に言うと、年の離れた兄と触れ合った記憶はほとんどない。帝大の文学部に通う兄は、稀郎がものごころついた頃からずっと学業一筋だった。しかし七歳の子供であっても、兄がこれから戦争に行くのだということくらいは分かっている。ただ親しみの薄い兄の出征に、それほど実感を抱けずにいるだけだ。同様に、周囲の興奮にも染まれなかった。

これだけ雨が降っているのに、どうして誰も傘を差さないのだろう——そんなことが気になった。秋雨でずぶ濡れになりながら、祖父の手だけが普段と違って熱かったのを覚えている。

やがて『海ゆかば』の斉唱が始まった。

海ゆかば　水漬《みづ》く屍《かばね》
山ゆかば　草生《くさむ》す屍
大君《おおきみ》の　辺《へ》にこそ死なめ
かへりみはせじ

さすがにその歌は知っている。稀郎も仕方なく小さい声で周囲と一緒になって歌った。

そして子供の身にはやたらと長い儀式が終わり、巻脚絆《まききやはん》をして小銃を担いだ学生達は一団となって雨の向こうに消えていった。

昭和十八年十月二十一日のことだった。

南方に配属されたという兄は、二度と還って来なかった。

1

スクリーンの中で、アラン・ドロンとモニカ・ヴィッティが気怠《けだる》げに歩いている。そこには陽光のきらめきも、伸びやかな解放感もない。ひたすらに陰鬱《いんうつ》なムードだけが続いていく。

アントニオーニは『情事』でも『夜』でもこうだったなあ――

場末の映画館で、『太陽はひとりぼっち』を観ながら稀郎は心の中でそう独りごちた。

去年の末に封切られた洋画だが、稀郎が一番館のロードショーに足を運ぶことは滅多にない。大抵は二番館、三番館で観る。金が惜しいわけではない。きらびやかな劇場に詰めかけた善男善女の中に混じるのが、どうにも息苦しくてならないからだ。

それにしても――

アラン・ドロンのまとう暗い翳《かげ》は、演技だけとは思えなかった。

恐ろしいくらいの二枚目だが、きっとこいつも、ろくな育ちじゃねえんだろう――

スクリーンを眺めながら漠然としたよしなし事を想っていたとき、耳許《みみもと》で知った声が囁《ささや》いた。

「兄貴、人見《ひとみ》の兄貴」

同じ白壁《しらかべ》一家の組員である伊野謙太《いのけんた》であった。

「映画館を片っ端から捜しましたぜ。ほんとに兄貴は好きですねえ。どうせならもっとスカッとするようなのを観りゃいいのに、わざわざこんな辛気臭《しんきくせ》え——」

画面から目を離さずに訊《き》く。

「うるせえな、どうした」

「オヤジが呼んでますぜ」

「まだ途中だ。映画が終わってからにしろ」

「困りますよ。それじゃ俺がどやされちまう。オヤジはとにかくすぐに連れてこいって。ねえ、頼みますよ、兄貴」

前に座っていた学生らしい大男が舌打ちしながら振り返る。

人見稀郎はやむなく立ち上がった。

アントニオーニだ、どうせ結末はわけの分からねえ不毛とか倦怠《けんたい》とかだろう——

「稀郎、おめえ、またカツドウ観てやがったのか」

幡ヶ谷《はたや》の白壁一家本家で、親分の広岡嘉武《ひろおかよしたけ》は稀郎の顔を見るなり苦々しげに言った。

戦前派の広岡は、映画のことを今でもカツドウと呼んでいる。

「ええ、まあ……」

適当に言葉を濁《にご》しながら、愛用のGパンに革ジャンを羽織った姿で畳の上に正座する。叱られるのはいつものことだ。

「まあいい」

どういうわけか、広岡は恒例の小言を抜きにして切り出してきた。

「おめえ、錦田欣明《にしきだきんめい》って男を知ってるかい。カツドウの監督だそうだ」

いきなり予想もしていなかった質問をぶつけられた。

「そりゃあ知ってますよ。もちろん会ったことはありませんが」

「有名な奴かい」

「まあ、有名と言えば有名な方でしょう」

「ふーん……」

昭和三十八年三月三十一日。春にしてはうそ寒く、特に夜はまだまだ冷えた。綿入りの半纏《はんてん》を着込んだ広岡は、火鉢を抱えるようにして何事か考え込んでいる。

錦田欣明は松竹の監督で、確かデビューは戦時中である。デビュー作の題名は『新しき東』だったか。それなりの実績を持つベテラン職人監督として認知されていた。

映画狂いの変人ヤクザと呼ばれる自分と違い、広岡は映画にはさほど興味もないはずだ。

いぶかしく思っていると、広岡は半纏の襟《えり》をかき合わせ、

「ウチも世話になってる都議会議員の対馬《つしま》先生、あの先生の口利きでな、その錦田って野郎がウチに泣きついてきたんだよ」

「錦田欣明がウチに？」

わけが分からない。白壁一家は昔ながらの博徒系ヤクザで、芝居、映画等の興行にはまったく関わっていなかった。

対馬甚三郎《じんざぶろう》都議が自他ともに認める映画好きなのは聞いている。ことに錦田監督を贔屓《ひいき》にして、料亭に招いたりすることもあるという。その縁から錦田は対馬を頼ったものと推測できるが――

「俺も何かで読んだんだが、来年の東京オリンピックの監督、黒澤明《くろさわあきら》が降りちまったそうじゃねえか」

それなら巷間《こうかん》の大きな話題となっていた。黒澤明は三年も前から東京オリンピック記録映画の監督に予定されており、本人も大の乗り気でわざわざローマオリンピック見学に足を運んだりもしている。

それが十日前の三月二十一日、オリンピック組織委員会の会合に出席した黒澤明

は、委員会の提示する予算では自分の意図する規模の作品制作は不可能であるとして正式に降板を申し出たというのだ。

「オリンピックはもう来年だってのに、カツドウの監督がいきなり辞めちまった。それで誰を後釜にするんだって、あっちの世界じゃ結構な騒ぎになってんだってな」

「そのようですね」

「でな、この錦田がどうしても自分がやりたいって言ってるそうだ。ただこればっかりは立候補ってわけにもいかねえらしい。それでなんとかしてくれねえかって対馬先生に話を持ち込んで、挙句《あげく》がウチに回ってきたってわけだ」

「へえ、錦田欣明がねえ」

稀郎は思わず失笑した。

錦田は確かに腕の立つベテランには違いない。実際にキネマ旬報のベストテンにも何度かランクインを果たしている。だが黒澤クラスの巨匠ではない。木下恵介《きのしたけいすけ》、小林《こばやし》正樹《まさき》、内田吐夢《うちだとむ》ら錚々《そうそう》たる大監督が居並ぶ中では、どう考えても錦田の目はない。

「そりゃあ素人《しろうと》目にも無理ってもんですよ。馬鹿馬鹿しい。何をトチ狂ったのか知らねえが、錦田もいい歳をして、身のほど知らずな夢を見たもんだ」

「その無理をさ、おめえにやってもらいてえんだ」

広岡は少しも笑わずに、

「ウチは今まで博打《ばくち》一本でやってきたが、これからはそうもいかねえ。薬卜《やくぼく》一家も紋《もん》町《ちょう》組も、土建屋と組んで東京中で工事をやってやがる。景気がいいどころの話じゃねえ、金があふれてあふれて、もう笑いが止まらねえってよ」

苦々しげに言う広岡の気持ちはよく分かる。少しでもオリンピックの恩恵に与《あずか》ろうと、東京中のヤクザが目の色を変えている。筋も仁義も過去のものだ。どれだけ建前に固執しようと、実際に大金を目の前にすれば誰であろうと考えが変わる。時代は確実に動いていた。

そんな中で、自分達だけが取り残されている。広岡が焦《あせ》るのも無理はない。

「錦田を望み通りオリンピックの監督に据えてやりゃあ、もう俺達に頭は上がらねえ。今度のオリンピックにはとにもかくにも日本の名誉ってやつがかかってる。そのカツドウを成功させたとなりゃあ、ちったあ錦田の株も上がるんじゃねえか?」

「そりゃ、そうだろうとは思いますがね」

稀郎は曖昧《あいまい》な答え方をした。確かに空前の大作となるであろうオリンピックの記録映画は注目されている。だからこそ錦田は空席となった監督の椅子を欲しているのだ。しかし、ある程度実績のある監督で同じことを考える者は山ほどいるだろう。

また、なんと言っても興行は〈水もの〉だ。蓋《ふた》を開けてみなければどう転ぶかなど誰にも分からない。

「黒澤はとんでもねえ額の制作費をよこせと言ったらしいが、それほどじゃなくても、えらい金が出るのは間違いない。それを自由にできるんなら結構な話じゃねえか。それによ、こいつは興行の世界に切り込むいい足がかりになろうってもんだ」

「待って下さい」

驚いて組長の言葉を遮《さえぎ》る。

「興行界や芸能界は神戸《こうべ》の海図《かいず》組や他の大きい組が隅から隅まで押さえてますよ。そこにウチが割り込もうってのはいくらなんでもヤバすぎやしませんかい」

「だからこそ錦田を使うんだよ」

広岡は険しい目で稀郎を見据え、

「オリンピックの監督となりゃあお国の代表だ。一流の名士だよ。そいつを囲い込めりゃあ、よその組とも交渉のしようがあるってもんだろ」

「しかし……」

「おめえ、近頃は組の方にも顔を見せねえばかりか、入れるもんも入れてねえじゃねえか、え、おい。先代にちょいとばかり可愛がられてたからって、いつまでもいい気になってんじゃねえぞ。大石《おおいし》や川上《かわかみ》は若いもんに示しがつかねえって息巻いてんだ。いくら俺だって組内《くみうち》を抑えるにも限度ってもんがある」

これには反論のしようもなかった。

「カツドウ、好きなんだろ？　誰よりも観てんだろ？　昔から先代が言ってたぜ、稀郎が見つからねえときはカツドウのコヤを捜してみろってな。だから俺はわざわざおめえに話を振ってやってんだ。その親心が分からねえって言うのかい」

「いえ、決してそんな」

「ともかく錦田に会って話を聞いてやれ。心配するな、ケツは俺が拭いてやるから、思い切ってやってみろ」

否も応もなかった。一礼して退室する。

玄関を出るとき、数人の舎弟を連れた代貸《だいがし》の大石亙《わたる》とすれ違った。

こんちは、と挨拶《あいさつ》すると、

「なんだ稀郎、映画見物の帰りに寄ってくれたのかい。ありがてえこったな」

そんな皮肉を残して大石はさっさと中に入った。後に続く若い衆は稀郎に目礼こそするものの、そこには敬意の欠片《かけら》も籠《こ》もっていない。

舐《な》められるのは慣れている。それだけで済むなら御《おん》の字だ。そう心にうそぶいて、稀郎は組を後にした。

指定されたのは、荻窪《おぎくぼ》の鰻屋《うなぎ》であった。錦田の家の近くで、行きつけの店だという。貸本屋と並んで建つしもた屋ふうの店構えだが、二階に狭い個室があった。

約束の六時に十五分ほど遅れていくと、キネマ旬報に載っていた写真と同じ、不健康にむくんだ顔が不機嫌そうに待っていた。

「待たせたな」

わざと横柄《おうへい》な態度で上がり込む。錦田は慌《あわ》てて居ずまいを正して稀郎に上座を勧め、

「人見さんですね、さあどうぞどうぞ」

言われるままに腰を下ろす。すぐに酒が運ばれてきた。

「さ、まずは一杯」

満面の愛想笑いで徳利を取り上げる錦田に、無言で目の前にあった猪口《ちよこ》をつかんで差し出すと、さすがに一瞬むっとしたようだったが、すぐに生の感情を引っ込めて稀郎の猪口に酒を注いだ。

キネマ旬報の記事によると、錦田欣明は大正五年生まれ。明治四十三年生まれの黒澤明よりも六つ年下で、今年四十七歳ということになる。

稀郎とは二十も年が離れているが、今はこちらの立場が上だ。映画監督は誰よりも鋭敏に力関係を嗅《か》ぎ分ける鼻を持っている。そうでなければ生き残れない。

「失礼ですが、人見さんはおいくつで……」

こちらが若すぎるのが気になったのだろう、不安そうに訊いてきた。

「観たよ、あんたの『さようなら愛《いと》しき妻』」

質問とはまるで関係ないことを答えてやると、それだけで錦田の表情が変わった。

「えっ、あれは敗戦直後のシャシンだ。ＧＨＱには好評だったようですが、雑誌や新聞でも無視されたし、観てる人はほとんど……」

「そんなこたぁ俺にゃあ関係ねえ。とにかく俺は観てるし、まぎれもない傑作だったってことも知ってる。『木枯らしぞ吹く』もよかったな。あれこそ演出のお手本てやつだ。スターなんかいなくても演出さえよければどうとでもなる。その意味じゃ『故郷よ何処《いずこ》に』なんて、演出ありきの代表みたいなもんだよな。無駄な絵が一つもねえし、構図も全部決まってる」

「いや、これは……参りましたな、そこまで映画を分かっておられるとは」

およそ芸術家を気取る人間ほど扱いやすい者はない。とにかく作品を褒《ほ》めてやるとてきめんに効く。こっちはヤクザで、人を転がすのが本業だ。白壁一家は興行界にシノギを持たないが、それでもヤクザ稼業であるから芸能界の裏事情も多少は耳に入ってくる。

それに――錦田の作品を観ているというのは嘘《うそ》ではない。

「『故郷よ何処に』は自信作の一本です。キネ旬のベストテンでも九位に入りました。正直に言いますと、もっと上位でもいいと自分では思っとります。しかるに映画批評家を名乗る連中ときたら、やれテーマがどうの、思想がどうのと、映画芸術とは本来無関係であることに拘泥《こうでい》するばかりで、本質がまったく見えとらんのです」

そこから錦田は延々と自画自賛を始めた。加えて映画ジャーナリズムに対する独善的な批判。こうなることも予測していた稀郎は、相手の話をそれとなく打ち切るように身を乗り出し、

「いいかい錦田さん、俺はオヤジに言われてあんたと仕事をするかどうかを決めに来たんだ。ウチに頼み事をしてえんなら、まずそいつを聞かせてもらおうか」

「分かりました」

錦田は我に返ったように猪口の酒を干し、一息ついてから語り出した。

「世間じゃ黒澤天皇なんて持てはやしてますが、映画は黒澤が一人で撮ってるんじゃない。僕らが会社の企画通りに撮り続けているからこそ、黒澤は好き勝手ができるんだ。いや、僕は東宝じゃなくて松竹ですがね、どこの会社でも同じでしょう。安い予算でみんな夜も寝ないで働きづめ。その一方で黒澤だけは好き勝手の言い放題で、真に映画界を支えている僕らのことは、同じ監督とも思っちゃいない。なのに世間は黒澤や他の大御所の作品だけが芸術で、僕らの作品は低俗だ、穴埋め用の娯楽番組だと決めつけてる。賞の対象とも見なされない。こんなことってありますか。僕の作品だってねえ、カンヌでもベルリンでも出品さえしてもらえれば、ちゃんと評価される自

信はありますよ」

黒澤の批判から始まって、映画界に対する愚痴と憤懣《ふんまん》、それと裏表の強烈な自意識。そんな話が延々続いた。

酒をちびちび舐めながら聞き流していると、勝手に感極まったのか、錦田がいきなりすり切れた畳に額《ひたい》をこすりつけ、

「人見さん、お願いします。僕はどうしてもオリンピックを撮ってみたい。黒澤が手前勝手に降りたのはいつものわがままでしかないが、僕にとっては願ってもないチャンスです。僕だって資格は充分にある。実力も実績もあるんだ。なのにこのまま手をこまねいていては、今村昌平《いまむらしようへい》か今井正《いまいただし》か、黒澤と大して変わらない特権階級の巨匠に決まってしまう。下手《へた》したら大島渚《おおしまなぎさ》なんて独りよがりの若僧に持っていかれるかもしれない。お願いです、僕が巨匠になれるかどうかの瀬戸際なんです。どうか兄《あに》さんのお力で僕を男にして下さい」

普段の錦田は現場スタッフに対する横柄さで知られ、評判は極めて悪いという。その程度の情報は事前に仕入れてある。その錦田が、巨匠の尊大さを批判し、さもスタッフの味方であるようなふりをしつつ、自分自身が巨匠に取って代わりたいと言う。その矛盾に気づいてもいない。

上にへつらい、下に威張る。しかも親子ほども年の違う自分に「兄さん」と来た。

恥も外聞もなく土下座する錦田の、薄くなった後頭部を見下ろしているだけでむかむかと腹が立ってきた。

到底オリンピック記録映画の現場を仕切れる器ではないと思ったが、念のために尋ねてみた。

「茶番はいい。それより、そこまでオリンピックの監督をやりたいと言うからには、何か勝算でもあるのかい」

「勝算、ですか」

「どういう映画にしたいかって訊いてんだよ」

ああ、と得心したように頷《うなず》いて、錦田はそれまで以上の勢いで語り出した。

まず撮影は宮川一夫《みやがわかずお》か宮島義勇《みやじまよしお》。

音楽は芥川也寸志《あくたがわやすし》か武満徹《たけみつとおる》。

そして脚本は松山善三《まつやまぜんぞう》、石原慎太郎《いしはらしんたろう》、開高健《かいこうたけし》、大江健三郎《おおえけんざぶろう》に共作させる。

「脚本だと？」

猪口を口に運んでいた手が止まる。

「記録映画にどうして脚本がいるんだよ」

「そう、そこです」

錦田はいかにも得意げに、

「ただ競技を撮《うつ》しただけではそれまでの記録映画の域を出ません。僕は人間が撮りたいんです。もちろん競技の結果をシナリオに合わせるなんてことはできませんが、オリンピックという一世一代の戦いに臨む人間の心理とはどういうものか、あらかじめシナリオという形にしておいて、スタッフ間の打ち合わせに使うんです。これにより、撮影に臨むスタッフの意思を統一する。そこまで徹底してやらなければ、単なる記録映画を越えるシャシンなんてできっこない」

「なるほどな」

発想としては面白《おもしろ》い。意気込みだけは確かに伝わってくる。

「そいつらにゃ話は通してあるのかい」

「さすがにこれからですが、オリンピックとなれば話題性は充分です。作家も人間ですから、損得を考えれば必ず乗ってくるでしょう」

「本当に宮川一夫を引っ張ってこれるのか」

そこが要《かなめ》であると稀郎は見た。もし実現できたなら、映画界にとってはまさしく〈大事件〉だ。

「こう見えても、僕は千恵《ちえ》プロの出身なんです。もう屋台骨も傾いてて、末期もいいとこでしたけどね。そのとき可愛がってくれたのが稲垣浩《いながきひろし》さんです。稲垣さんの紹介なら、宮川さんも嫌とは言えんでしょう。ここは確かに勝負どころですが、宮川一夫を引き入れることさえできれば、日本中のキャメラマンを味方につけたも同然です」

その通りだ――

宮川一夫ほど同業者に一目も二目も置かれている撮影監督はいない。若手の信望も厚いと聞いている。その技術と存在感は、すでに神格化されていると言っていいほどだ。

宮川一夫と一緒に映画を作る――

夢だ。途方もなく甘い夢だ。

一瞬の幻影に口許が緩みでもしたのか、錦田はここぞとばかりに語り続ける。

「年々お客の数が減ってるとか、今にテレビの時代が来るとか言われてますが、なあに、日本映画がどうにかなるなんてことはありゃしない。僕はね、この手でそれを証明してやりたいんですよ。そのためにも兄さんの力が要るんです。僕と一緒に映画を作りましょう。兄さんのお名前は制作協力、いやプロデューサーとしてちゃんと表記します。マスコミも口を揃えて言ってますよ、オリンピックは日本復興のシンボルだって。それを僕達が日本映画飛躍のシンボルに変えるんです。僕達の手で、これまでにない、新しい映画を創造するんです」

いけねえ――夢なんざ見ちゃいけねえ――

そう自らに言い聞かせつつも、心はすでにフィルムを見ていた。厳密には、フィルムに焼き込まれた己の名を。

2

牛込《うしごめ》にあった稀郎の生家は昭和二十年の空襲で焼失した。役人であった父は稀郎が生まれて間もなく脳溢血《のういっけつ》で亡くなっていたが、残された家族は同じく役人であった祖父の年金と、翻訳の下請けをしていた母の収入とで暮らしをまかなっていた。その祖父も母も、空襲で家ごと焼け死んだ。集団疎開先の埼玉で、空腹を抱えた稀郎がぽかんと空を見上げている最中のことだったらしい。よくある話で、以来、稀郎は親戚の家をたらい回しにされて育ち、一時は浮浪児同然の生活を送っていたことさえある。

白壁一家の先代に拾われたのは、稀郎が十六のときだった。

その日、稀郎はどういうわけか日比谷《ひびや》にいた。夏の盛りの路上に立って、日比谷映画劇場の看板を眺めていたのを鮮明に覚えている。題名は『アフリカの女王』。封切られて間もないようだ。主演はハンフリー・ボガートとキャサリーン・ヘプバーン。ポスターには泥まみれの小汚い中年の男女が描かれている。この年増女が女王なのだ

を離せなかった。
　どんな映画なのか見当もつかなかったが、なぜか心が惹《ひ》きつけられて、看板から目
を離せなかった。
　——兄ちゃん。
　不意に声をかけられ、振り返った。そこにパナマ帽を被《かぶ》った和服の老人が立ってい
た。
　温厚そうな好々爺《こうこうや》に見えなくもないが、全身から滲《にじ》み出る静かな威圧感はカタギの
ものではなかった。
　——このシャシン、面白《おもしれ》えのかい？
　手拭いで汗を拭きながら老人が尋ねた。暑さしのぎにどこかへ入りたいのだろう。
　——たぶん、面白いと思います。
　なぜか咄嗟《とっさ》に答えていた。内容さえ知らない映画なのに。
　——そうかい。ありがとよ。
　老人は礼を言って切符売り場の窓口へと向かいかけ、ふと思いついたように振り返
った。
　——よかったら、兄ちゃんも一緒に観るかい？　俺の奢《おご》りだ。なに、一人で観たっ
てつまらねえからさ。

気がついたときには、老人と並んで座り、一緒にスクリーンに見入っていた。平日の昼間、しかも盆休みの前ということもあって、場内はさほど込んではいなかった。映画は予想以上に面白かった。いや、正直に言うと、世の中にこんな面白いものがあるのかと衝撃を受けるほどだった。泣いて笑って手に汗握り、最後は多幸感に包まれる。稀郎は文字通り時を忘れた。映画が終わり、場内に明かりが点《とも》ったとき、老人は大いに満足したように言った。

——いやあ、面白かったなあ。兄ちゃん、よかったらもうちょいと付き合ってくれよ。寿司でもつまんでいこうぜ。

その人が、白壁一家の先代だった。

そんな縁とも言えないような縁から、稀郎は白壁一家の見習いとなった。やがて先代から盃《さかずき》をもらい、正式に子分と認められた。その先代も三年前に亡くなって、当時代貸を務めていた広岡が跡目を継いだ。広岡親分とは特に反《そ》りが合わないというわけでもなかったが、彼の片腕である大石が組の要職を自分の取り巻きで固めたので、自然と稀郎の居場所はなくなった。それでなくても自分に懐《なつ》かず、映画館に入り浸ってばかりいる稀郎を、大石は前々から快く思っていなかったのだ。

錦田と会った翌日、すでに消滅した闇市の面影を色濃く残す新宿《しんじゅく》西口商店街で、夕ンメンを啜《すす》りながら稀郎は一心に考えた。

錦田の頼みを聞くべきかどうか。

答えはすでに出ているに等しい。なにしろ親分の命令だ。選択の余地はなかった。

しかも、このままではいつ組を放り出されるか知れたものではない。

やるしかない——だが、それでも——

箸《はし》を投げ出し、スープに浮いた脂《あぶら》を見つめる。ゆるりと蠢《うごめ》く無数の丸い脂のように、想いはつかみどころもなくあらぬ方へと流れていく。

新宿や浅草《あさくさ》、それに上野《うえの》の映画館で、ただ番組の穴埋めとしてのみ作られた三流映画を眺めながら、これまでも時折考えた——自分はどうして映画に惹かれるのだろうと。

思い当たるきっかけは、一つだけある。

触れ合った思い出のほとんどない兄であるが、出征の直前、何を考えたか、映画に連れていってくれた。おそらくは、年の離れた弟とどう接していいかさえ分からず、自分の趣味に無理矢理付き合わせたというところか。

もっとも、肝心の映画で覚えているのは、路地裏で悪漢に痛めつけられた主人公が血を吐いてどぶに転がるシーンのみで、後はひたすら退屈だった。横目に兄を見上げると、兄もこちらを振り返り、付き合わせて悪かったと詫《わ》びるかのように弱々しく微笑《ほほえ》んだ。ほの白い光の中に浮かび上がったその顔だけが、どういうわけか妙に生々しい記憶として残っている。

――稀郎、この映画は駄作だ。

そんなことを呟《つぶや》いていたようにも思うが定かでない。

しかし、たったそれだけでしかない兄との思い出ゆえに、自分が映画に耽溺《たんでき》するようになったとは思えない。

敗戦後の焼け跡で、生き延びるため必死であがいた。一瞬たりとも気を抜くことのできなかったあの頃は、それこそ映画どころではなかったはずだ。

もしかしたら、白壁の先代との出会いのせいか。

まったく影響していないとまでは言い切れないが、どうにもそれだけとは思えない。後になって知ったことだが、先代はあの日たまたま日比谷で休む場所を探していただけで、格別映画好きというわけでもなかった。

では、なぜだろう。

答えはない。小便臭い劇場の硬い椅子に座るだけで、一時間か二時間、目の前に嘘が広がる。色のない、あるいは極彩色の嘘。欺瞞《ぎまん》だらけの世の中で、明白な嘘はいっそ芯から心地好かった。

うまく俺をだましてくれ。世の中にも綺麗なことがあるのだと、この俺をだましてくれ。

そんな思いがあったのかもしれない。

だから今度の仕事は気が進まなかった。ヤクザになって知ったのは、スターは決して夜空の星ではないということだ。

ただの、人間。

いや、汗水垂らして働く人々よりも、もっと薄汚い顔を持っている。映画会社の重役の悪行ぶりとなると、下手なヤクザなど足許にも及ばない。

そんな話は聞きたくもなかった。知ってしまうとおしまいだ。銀幕の美女があさましい醜女《しこめ》にしか見えなくなる。

興行の世界の裏を知るたび、銀幕の輝きがどんどん失《う》せていくように思った。世間の裏で生きるヤクザでありながらそんなふうに思うのは、映画館の闇の中に、最後の居場所を見出したからだろう。たとえそれが嘘であっても。偽りであっても。

映画館の暗がりは、世間の暗がりとは違っていてほしかったのだ。

やくたいもねえ——

とりとめのない思考を打ち切って、稀郎は中華料理店を後にした。

靖国《やすくに》通りにある新宿駅前停留所から11系統月島《つきしま》行きの都電に乗る。新宿一丁目を過ぎ、四谷《よつや》三丁目で7系統に乗り換えた。

流れ去る街並は、稀郎の知る戦中のものでもなく、また戦後のものでもなかった。左右に並ぶ家々が、道路拡幅工事のため壊され、潰され、消えていく。

どこもかしこも工事の埃《ほこり》と渋滞の排煙でいっぱいだ。車内は春の陽気で蒸し暑かったが、稀郎はいまいましい思いで窓を叩きつけるように閉める。ハンカチで首筋の汗を拭っていた洋装の女が文句を言いたげにこちらを見たが、睨《にら》み返してやると視線を逸らせた。

せっかく空襲で焼け残った家屋敷も、オリンピックという名の焼夷弾《しょういだん》からは逃れられない。

ざまあねえや――そんな悪態をつく気さえ起こらなかった。

思い出したくもない戦争の痕跡を、ただ消してくれるというならそれでもいい。腹立たしいのは、あの頃と同様に、お国のためという錦の御旗ですべてを押し通せると考える奴らがいることだ。

しかもそういう連中の顔ぶれは、当時とさほど変わっていないときているから始末に負えない。むしろ当時より年をとった分、より固陋《ころう》になったと言えるだろう。

一方で、家を壊される側の連中も気に食わない。言われるままにバラックや焼け残りの安アパートから追い出されている貧乏人も情けないが、補償金目当てに居座っている地主の強欲にも反吐《へど》が出る。

戦争に負けて、日本人は最後に頼れるものは金しかないと悟った。それ以外はまやかしだと思い知った。哀れな自分達は国にだまされていたのだと。

そう言って、少なからぬ数の地主が立ち退き料を吊り上げるため、己の目を吊り上げた。

その結果、東京都建設局は彼らとの土地買収交渉を早々に断念し、首都高速の建設予定地を片端から変更した。オリンピックに間に合わせるのが至上の命題である。強欲な地権者と交渉している時間など最初からなかったのだ。

かくして首都高速道路は公共空間を削って建設されることとなった。

明治神宮と神宮外苑をつなぐ馬車道の上に。五街道の起点であった日本橋《にほんばし》の上に。

そうだ。稀郎の知る日本橋は何か別のものへと変貌した。巨大なコンクリートで蓋をされた、三途《さんず》の川より薄暗い場所へと。

完成の暁《あかつき》には、それは歪《いびつ》な形となって、東京を蛇のように這《は》い回るだろう。

乗り慣れたこの都電も、やがては消えてなくなるのだ。現に、去年の十一月には杉《すぎ》並《なみ》線、青山《あおやま》線、番町《ばんちょう》線の撤去が決められた。他の路線の運命もどうせ似たようなものに違いない。国が決めればそれがすべてだ。誰も彼もが、何もかもが、一斉に列を成して崖の向こうへと突き進んでいく。あの戦争がそうであったように。

南青山一丁目を過ぎ、墓地下《ぼちした》へ。かつては西麻布《にしあざぶ》まで並行する道路もなく、郊外の趣《おもむ》きさえあったこの路線も、今は道路工事で雰囲気が一変した。

それがどうした――

時代とともに、人も街も変わっていく。同じ過ちを繰り返しながら。それだけのことだ。

墓地下で降車する。墓地らしからぬ喧噪《けんそう》に包まれた工事現場を抜けて、掘っ建て小屋のような飯場が並ぶ一角に出た。

稀郎はまっすぐに一番端の小屋へと入る。建設事務所に使われている小屋であった。

「あっ、人見の兄貴」

髭面《ひげづら》の男と何事か打ち合わせをしていた若い衆が顔を上げた。白壁の代紋が入った半纏を羽織っている。組員の狭間《はざま》多一《たいち》だ。

「こんちは。今日はえらく早いですね」

「邪魔だったかい」

「いえ、そんな」

「ちょっと考えごとがしたくてな。それで都電に乗っちまったってわけさ」

「へえ、都電にね。で、その考え事ってのはまとまりやしたかい」

「さっぱりだ。こういうときに限ってよけいなことばっかり考えちまう」

「だと思いやしたよ」

狭間は声を上げて笑ってから、髭の男に目配せした。

一礼して退室する男の背中を見ながら、

「あれは新任のカシラでしてね、先週からここの工夫《こうふ》を仕切ってます。あの御面相だ、睨みが利くんで重宝してますよ」

そう言う狭間は、この飯場で週に一度開かれる賭場《とば》の運営を組から任されている。狭間と通じた髭のカシラは、工夫達をまとめて強引に賭場へ誘う役だ。そこで彼らの賃金を巻き上げるのが、一家の大事なシノギの一つであった。

稀郎は目付役として賭場に立ち会うため派遣されている。親分から錦田をオリンピック記録映画の監督に据えろと命じられているが、週に一度のこの役目もつつがなく果たさねばならない。なにしろ白壁一家は博徒系の組織だ。当然の不文律として、この仕事だけは何があってもおろそかにするわけにはいかなかった。

「どうします兄貴、開帳まではだいぶ間がありますけど」

「墓場でも散歩してるさ。死人の冷気で頭を冷やしゃ、ややこしい考えもまとまるかもしれねえ」

「そりゃあいいや。ゴムの氷枕より効きそうですぜ」

たわいもない話をしていたとき、突然ドアが開いて顔色のどす黒い男が入ってきた。

「邪魔するぜ」

的井《まとい》連合の加賀《かが》甚吉《じんきち》であった。背後に四人の工夫を連れている。

「こいつらがもうへばっちまってよう、使いもんになんねえんだ。ポンをやらせてくれって言うから場所を借りるぜ」

こちらが何も答えぬうちに入り込んだ加賀は、壁に据え付けられている棚から勝手に手提げ金庫を取り出し、持っていた鍵で蓋を開けた。

中に入っているのは注射器とヒロポンだ。

「おいおい、慌てるな、先払いだ」

目の色を変えた工夫達が、ポケットからくしゃくしゃに丸められた紙幣をつかみ出し、我先に加賀へと押し付ける。

一本しかない注射器を使い回しながら、彼らは水に溶いたヒロポンを己の腕に注射している。皮下では効果が薄いため、静脈へ打つのだ。

「勘弁して下さいよ、加賀さん。こんな真っ昼間から」

狭間が冗談めかして文句を言うと、加賀は振り向きもせず、

「真っ昼間だからこいつらをまだまだ働かせなきゃなんねえのさ。心配すんなって。サツだってオリンピック第一の御時世だ」

稀郎が窓の外を窺《うかが》うと、ハンチングを被った二人の中年男が積み上げられた建築資材の横に立っているのが見えた。私服刑事だ。

ヒロポンの取り締まりに来たのではない。その逆である。彼らは的井連合からヒロポン密売の上前をはね、見返りにさまざまな便宜《べんぎ》を図っているのだ。

オリンピックの工事現場で酷使される労働者に、ヤクザがヒロポンを供給し、警察がそれを守る。過剰摂取で死亡する者も後を絶たないが、死体は万事了解済みの病院へと送られ、死因は心臓麻痺として処理される。オリンピック組織委員会には警察OBも名を連ねているから怖いものはない。なにより加賀の言う通り、「オリンピック第一」は今や国策に等しいスローガンだ。そのためにはどんなことでも許される。

戦争中と変わりゃしねえ——

不快な思いを胸に隠し、稀郎は外で餌《えさ》を待つ刑事達のあさましい顔を眺めた。

向こうもこちらの視線に気づき、不穏な目で睨み返してくる。

「まったくいい商売だ。ウチの組も賭場と併せてポンを扱えりゃ、手間が省けて言うことなしなんですがねえ」

羨《うらや》ましげに言う狭間に、

「悪《わり》イな、このあたりでウチがポンを仕切るってのは、サツが決めたことなのさ」

そもそも、この一帯の工事現場はすべて的井連合の仕切りである。全国から出稼ぎに来た男達を言葉巧みにかき集めて過酷な現場へと送り込み、賃金のほとんどをピンハネする。その利権は途轍《とてつ》もなく大きい。

「早い者勝ちってとこですかね」

「おめえんところは元が博徒だ。賭場の上がりだけで満足するこったな」

加賀の言いようは、上り調子にある新興組織の傲慢《ごうまん》に満ちていて、いちいち稀郎の癇《かん》に障《さわ》った。

「大体がよ、ほんの十二、三年くらい前まではポンなんて普通に薬局で買えたんだ。あの頃はよう、サツだって張り込みの眠気覚ましにポンをやってたくらいだぜ。それを御禁制にしたのはお国だよ。言ってみりゃあ、日本が俺達にシノギの道を作ってくれたようなもんさ。しかもちゃあんとカスリを取るってんだから、いつの世も御上《おかみ》ってのはずる賢い上にあくどいのが揃ってるぜ」

加賀の饒舌《じょうぜつ》はとどまるところを知らなかった。

「じゃあ、俺は一回りしてくるぜ」

いいかげん嫌になって事務所を出る。

「おい」

十メートルも進まぬうちに、二人組の刑事が待ち構えていたように稀郎の側へと寄ってきた。

「おまえ、確か白壁一家の人見だったな」

返事をせずに二人を見つめる。大方、先ほどの視線が気に食わずに因縁でも付けようという肚《はら》だろう。

「博打は違法行為だって知ってんのか、え、おい」

「場合《あん》によっちゃあ署まで来てもらってもいいんだぞ」

案の定《じょう》だ。

「ならポンは違法じゃねえってのかよ」

そう返してやると、二人は一瞬虚を衝《つ》かれたような表情を浮かべ、次いでたちまち色をなした。

「貴様っ」

「ポンと同じで、博打でもやらせなきゃ工夫どもは抑えられねえ。オリンピックも間に合わねえ。困るのは国の方じゃねえのかい」

「チンピラ風情が、ちょっと来いっ」

「下っ端の小遣い稼ぎに付き合ってる暇はねえんだよ」

「なんだと」

「こっちはな、てめえらの署長にちゃあんとお届け物をしてるんだ。おこぼれが欲しけりゃ加東段作《かとうだんさく》警視正殿に言いな」

署長の名を出されて黙り込んだ二人に構わず、稀郎は墓場の方へと足を運んだ。

まったく、死人の方がよっぽど可愛いぜ――

その墓地も、ショベルカーが唸《うな》りを上げて容赦なく掘り返している。苔《こけ》むした墓石も朽《く》ちた卒塔婆《そとば》も、何もかもが平らにならされ、瞬《また》く間に消滅する。見慣れた光景が知らない何かへと変貌する。

加賀の言いざまは気に食わないが、それでも小遣い稼ぎに血道を上げる刑事よりはマシだ。

ぼやぼやしてると、俺も古い墓石と一緒に消えちまうかもしれねえなあ――

土埃の舞う工事現場を歩きながら、稀郎は錦田に荷担する肚を決めていた。

3

翌日から早速仕事に取りかかった。

まずはオリンピック組織委員会について調べ上げる。会長の安川第五郎《やすかわだいごろう》、準備委員長の新田純興《にったすみおき》以下、各委員の経歴や組織構成など、公表非公表にかかわらず、あらゆる情報を片っ端から収集した。主にその筋の人間が使う情報網、いわゆる〈裏耳〉を借りて。

委員名簿に名を連ねているのは、総理府総務長官、現職閣僚、衆参両院議員、都議会議員、県知事などの政治家。日本商工会議所、経団連、有力銀行頭取などの財界関係者。錚々たる顔ぶれとはこのことか。

調べれば調べるほど、吐き気のするような情報が集まってきた。

全員とは言わないが、各委員にはそれぞれバックが付いていて、オリンピックの美名のもとに東京中をいいようにこねくり回している。

特に悪辣《あくらつ》なのは建設族の議員と建設業界、そしてその下請けの土建業者だ。それぞれに右翼やヤクザ、その他得体の知れない魑魅魍魎《ちみもうりょう》がまとわりついている。もちろん警察も。その間で抜かれる利ザヤは気の遠くなるような金額だ。末端に渡るのは、元の金――もちろん税金だ――からすると赤《あか》ん坊の耳垢にも満たない量だろう。

建設業界だけではない。ありとあらゆる業種がこの巨大な利権に群がっている。その筆頭は金融関係か。目に見えぬ金の流れが、東京を中心に日本中で渦を巻き、日を追うごとに膨らんでいく。上空にわだかまる黒雲から滴《したた》る雨は、権力者どもの涎《よだれ》だろうか。

しかも組織は一枚岩などでは到底なく、常に主導権争いが絶えない。莫大《ばくだい》な金が絡んでいるから当然だ。そこに付け入る隙《すき》があると稀郎は見た。

一円でも多く、自分だけが儲けたい。金、権力、名声、色、そしてまた金。オリンピックの五つの輪は、そのまま五つの欲を示している。

だが新聞、週刊誌をはじめ、そうした事実を報じる媒体は一つもない。オリンピック第一という絶対の圧力を、すべての国民が当然のこととして受け入れている。まるで挙国一致の大政翼賛会だ。

原爆を二発も食らいながら、日本人は少しも変わっちゃいねえ――

充分に分かっていたはずが、改めてまのあたりにすると、勃然《ぼつぜん》と怒りが湧き上がってくる。

自分は確かにただのチンピラだ。そのチンピラが、オリンピックを虚仮《こけ》にしてやる。とことん水を差してやる。それも腐った泥水を。

気がつくと、我ながら嫌な笑みで口許が緩んでいる。冷笑というやつか。

稀郎は初めて錦田欣明に感謝したくなった。

調べを続けた結果、オリンピック記録映画の監督選定は『社団法人 東京オリンピック映画協会』に属する小委員会の委員達が担当していることが分かった。

中でも特に発言力を持っているのは、元衆院議員の桑井《くわい》菅次郎《かんじろう》、日東《にっとう》体育大学教授の山畑参治《やまはたさんじ》、菱伴《ひしとも》物産常務取締役の南沢義康《みなみさわよしやす》の三人らしい。この三人はいずれも自称映画通で、その方面には疎《うと》い委員達から信頼を寄せられており、自然と中心的な立場に収まったという。

この三人さえ押さえることができれば、監督の人選について小委員会の意見をこっちの思う通りに誘導できる。

ここまで来ると後は簡単だ。

三人の周辺を徹底的に洗う。家族構成、交友関係、資産状況、愛人の有無等。恐喝《ゆすり》の際にはこうした情報が基本となるから、ヤクザなら調べる方策はいくらでも心得ている。世間の裏道に通じたヤクザの前では、通り一遍でしかない警察の捜査など児戯《じぎ》にも等しい。

元議員の桑井は女好き。教授の山畑は博打好き。菱伴の南沢はアメリカとの取引で相当ヤバい橋を渡っているらしい。

あちこちの筋から上がってきた情報に、稀郎は一人ほくそ笑んだ。

こいつはちょろい――三人揃ってどうにでも動かせる――

まず山畑。こいつは一番簡単だ。なにしろ白壁一家は博徒系なのだ。縄張り内《シマうち》の賭場に引っ張り込みさえすれば、後はなんとでもなる。

菱伴の南沢は会社の金を不正に動かしているから、早めに補填《ほてん》しようと焦っているはずだ。こいつは金でなんとかなる。ただ取引の内容自体には触れない方がいい。アメリカ絡みだけに厄介な連中が出張ってくるおそれがある。そうなると白壁一家では到底対処できない。妙なところでよけいな欲はかかないことだ。

残る桑井。こいつは政治家だけに小委員会の中でも親玉のような存在だ。一番強力な手綱《たづな》を付けてやる必要がある。

その夜、西早稲田《にしわせだ》のスナックで、稀郎は八戸勝男《はちのへかつお》と落ち合った。近くに戸山無軌条《とやまむきじょう》電車営業所があるため、出入りするトロリーバスの震動がいつも響いてくるような店だった。

八戸は自称芸能プロダクションの社長兼マネージャーである。すなわち、ヤクザと芸能界の狭間にうようよと湧いている蛆虫《うじむし》の一匹だ。

「いや、驚きましたよ、人見の兄ィから電話をもらえるなんて。あたしゃてっきり嫌われてるもんだとばかり思ってたから」

おめえは少しも間違っちゃいねえよ――

そんな思いは顔には出さず、

「悪いな、電話する暇もなくてよ」

「映画を観るのも時間を食いますからねェ」

八戸の言葉に皮肉が籠もる。あえて聞き流し、八戸の隣に座った小柄な女に目をくれる。

「それで、この娘《こ》がそうかい」

「ええ、どうです、御注文通りでしょう……おいリカ、こちらは白壁一家の人見さんだ。ちゃんと御挨拶しねえかい。挨拶は芸能人の基本だぜ」

「こんばんは」

女は上目遣いに稀郎を見つめたまま無愛想な口調で言った。まだ十代だろう。どう見ても十五、六。家出娘かもしれない。

八戸はいつでも客の要求通りの女を調達できる。早く言えば現代の女衒《ぜげん》だが、その腕だけは一流だ。

「花野《はなの》リカって言います。もちろん本名じゃありませんよ。本人は六本木《ろっぽんぎ》野獣会のメンバーだって言ってますけど、さあ、どうだか」

「本当よ。嘘だと思うんなら、田辺靖雄《たなべやすお》さんか井上《いのうえ》の順《じゅん》ちゃんに電話して訊いてみてよ。大原麗子《おおはられいこ》さんでもいいわ。こう見えてもあたし、麗子姉さんにはずいぶん可愛がってもらってんだから」

女は口を尖《とが》らせむくれてみせる。

六本木野獣会とは、数年前から六本木にたむろして遊び歩く不良達の集団で、流行の最先端だと持てはやされていた。メンバーの多くが芸能界にスカウトされ、注目されたことから、彼らに憧れる少年少女も多かった。話題作りを狙う大手芸能プロの仕込みという噂《うわさ》もあったが、実際に六本木に押しかける若者も多く、どこまでがメンバーと言っていいのかさえ判然としなかった。花野リカと名乗るこの少女も、案外本当に末端メンバーの一人なのかもしれない。

いずれにせよ、稀郎にはどうでもいいことだった。

小柄だが肉付きのいい体。厚めの唇《くちびる》。締まった足首。ぴったりだ――桑井菅次郎の性癖に。

「さすがは八戸社長だ」

稀郎は革ジャンのポケットから輪ゴムで丸められた一万円札の筒を取り出し、八戸に投げ渡した。

受け取った八戸はすぐに輪ゴムを外し、札の枚数を数えてから顔を上げた。

「確かに。でも兄さん……」

「分かってる。そいつはほんの手付け金だ。この娘の仕事ぶりによっちゃあ、月々の払いもちゃあんと保証してやるぜ」

「助かります」

そのやり取りを横目で見ていたリカが、

「ねえ、あたしに一体何をやらせようって言うの。あたしはれっきとした芸能人なのよ。歌だってイケてるし、ダンスだって――」

「分かってるよ」

ぶっきらぼうに稀郎は答えた。

分かっている――こういう娘は打算に長《た》けているものだ。

「おめえにやってもらいたいのはな、芸能人ならみんなやってることさ」

女の目が赤く光った。意味は察しているようだ。


偶然を装って桑井にリカを接近させるのは簡単だった。

すぐに桑井はリカの若い肉体に溺《おぼ》れ切った。そのために八戸に高い金を払って桑井の好み通りの女を探し出したのだ。

リカも心得たもので、自分に与えられた役柄を完全に理解している。なにしろ「桑井という親爺《おやじ》は大した力のある政治家で、芸能界とも深い付き合いがある」と、リカには本当のことを教えてあるのだ。こちらの要求以上に張り切ってくれた。

桑井は柳《やなぎ》町《ちよう》にある御用達の高級旅館で、リカにねだられるままに布団の上で「デビュー」やら「レギュラー」やら「キャンペーン」やらを約束させられていた。知り合いのプロデューサーに電話したりしている桑井の動きを見ていると、どうやら本気でリカのデビューに手を貸してやるつもりらしい。小娘ながらリカの手練手管は実に大したものだった。

頃合いを見て、いつもの旅館でリカを待っている桑井の元へと乗り込んだ。

「そういうことか」

さすがに桑井はいささかの動揺も見せなかった。

「わしを相手に美人局《つつもたせ》の真似事《まねごと》とは、若いにしてはいい度胸をしているな。それとも、わしが誰かも知らずに――」

「滅相もございません。ようく存じ上げておりますよ、桑井先生。それより、あの娘はお気に召しましたか」

桑井はたちまち相好《そうごう》を崩し、

「うん、なかなかの上物だな、あれは。大いに気に入っとる」

「そいつはよかった。なら好きなだけお側に置いてやって下さい。こちらもお世話したかいがあったってもんで」

そう言うと、桑井は再び表情を険しくし、

「狙いはなんだ。金か。言っておくがな、わしの後ろには――」

「そこらへんもようく存じておりますよ。私も渡世人の端くれですから。揉《も》め事を起こそうなんて気はこれっぽっちもありゃしませんし、先生に御迷惑をおかけする気もさらさらございません」

「どういうことだ。慈善事業でわしに女を世話したとでも言うのか」

「まあ、似たようなもんで」

「ふざけるな」

「ところがこっちは大真面目《おおまじめ》で。実は一つだけお願いがございまして、オリンピックの映画監督、あれに錦田監督を御推薦頂きたい」

桑井は窪《くぼ》んだ目を意外そうに見開いて、

「錦田？　あの錦田欣明か」

「その通りで」

予想通り、好色そうな赤い鼻の先でせせら笑い、

「君は映画については素人だな。錦田欣明は確かにいいシャシンを作るときもある。だがな、ありゃ二線級の職人だよ。玄人《くろうと》の間で評価する向きもあるのは知っとるが、黒澤の後任にはとてもとても……第一、世間が納得せんよ。今井正は断ったらしいが、伊藤大輔《いとうだいすけ》、島耕二《しまこうじ》、吉村公三郎《よしむらこうざぶろう》、まだまだ大物がいるというのに、彼らを差し置いて錦田欣明とは」

「世間が納得しなくても、オリンピック映画協会が推して下されば、組織委員会も同意する。違いますか」

「それこそ無理だ。菱伴物産の南沢君なんて、ドキュメンタリーなら亀井文夫《かめいふみお》を措《お》い

て他はないとかねがね主張しておるくらいだ」

「まあ、その辺は誠意を以《もっ》て個別にお願いするつもりでおりまして」

「ずいぶんと胡散《うさん》臭い誠意もあったものだな」

相手の皮肉など歯牙《しが》にも掛けず、稀郎は膝《ひざ》を改めて畏《かしこ》まり、

「なるほど、確かにドキュメンタリーに亀井文夫なら誰しもが納得する。ですがオリンピックは日本の一大事業です。その記録映画が単なるドキュメンタリーでいいはずはない。私はこの映画を、日本映画変革の旗印にしたいんです」

「それこそ素人の戯言《たわごと》だ。錦田がそれほどの器かどうか。たとえその器量があったにしてもだ、格落ちの感は免れん。オリンピック全体のイメージダウンだけはなんとしても避けねばならん」

「先生」

稀郎はそれまでの口調を一変させ、押し殺した声で言った。

「リカはね、まだ十五歳なんですよ」

桑井の顔色が変わった。

「嘘だ、本人は二十歳だと」

「正直に言う馬鹿はおりませんよ。第一、六本木野獣会のメンバーだと本人が言ってませんでしたか」

「それは確かに言っとったが、しかし……」

「六本木野獣会を名乗るガキどもの齢を考えれば大概察しがつこうってもんだ。少なくとも世間はそう考える。なんにせよ、未成年の中学生を愛人にしていたと知られれば、いくら桑井先生でもどうしようもない。完全に命取りだ」

「その前に貴様が消されるだけだ。わしが一本電話をかけるだけで――」

「それくらいの覚悟はしておりますよ、先生。でなきゃ、こうして身一つでのこのこやってきたりはしませんよ」

桑井はじっとこちらを見つめている。政界暮らしが長いだけのことはある。さすがの胆力であった。

「先生、私はね、本当に錦田に賭けてるんです。一度奴のアイデアを聞いてやっておくんなさい。さっきも申しました通り、私はよけいな揉め事を起こそうなんて気はこれっぱかりもありゃしません。先生さえ錦田を推して下されば、これまで通り、中学生の若い肌を好きなだけ楽しめるってわけで」

黙り込んだ桑井を残し、ちょうど入ってきたリカと入れ違いに退室する。

「こんばんはー……あれ、どうしたのセンセ。そんな怖い顔しちゃってさあー。今夜はあたしをうんと可愛がってくれるって約束でしょ、ねえセンセ？」

背中でリカの嬌声《きょうせい》を聞きながら、稀郎は後ろ手で襖《ふすま》を閉めた。

桑井は落ちた。小委員会で錦田を推薦するし、そのための根回しもすると言ってきた。それだけリカの若い肌に未練があったのだろう。

これだから色ってやつは――

桑井には必要と思われるだけの金を渡した。煩悩《ぼんのう》まみれの政治家は黙ってそれを受け取った。その仕草が堂に入っている分だけ笑えてくる。

4

まだまだ新しく見える上野《うえの》風月堂《ふうげつどう》ビルの裏手にあるクラブ『サマンサ』で、稀郎は独り祝杯をあげた。大石のように舎弟を連れ歩くのは性に合わない。変人ヤクザと誹《そし》られようが、一人の方がやりやすい。馬鹿に足を引っ張られるのだけは御免だった。

いい心持ちでグラスを傾ける。ジャズの生演奏が流れる店内に、ウイスキーのオン・ザ・ロック。アメリカ映画で散々見た光景だ。こうしていると、自分が映画の中の登場人物になったような気さえする。

「おい、人見の兄さん」

不意に呼ばれて顔を上げると、周囲に五人の男達が立っていた。中に一人、知った顔があった。声をかけてきた男。飛本《とびもと》組の金串《かねぐし》だ。

「おめえ、近頃妙な動きをしてるそうじゃねえか」

来たか、と思った。

飛本組は神戸の海図組とは友好関係にあり、主に映画界からシノギを得ている組織の一つだ。稀郎の行動が彼らの耳に入らぬわけがない。

「こりゃ金串さん、一体なんの話ですかい」

「とぼけんじゃねえ。映画の話だよ」

「ああ、最近観た中では『アラビアのロレンス』がよかったねえ。批評家の先生方は的外れなことをぬかしてるようだが、要するに主人公はオカマで、それがバレたんで意気地がなくなったって話でしょう?」

周囲の男達が激昂《げきこう》する──「ふざけんじゃねえ」「舐めた口ききやがって」「前々から目障りだったんだよ、てめえは」

金串は薄く笑いながら稀郎の肩に手をかける。

「そんな話はいいからよ、ちょいとツラ貸してくんな」

「こんなツラでいいってんなら構いませんが」

「充分だ。ただし、タダで返すとは言ってねえがな……おっと、逃げられると思ったら大間違いだぜ」

「へいへい」

その手を払いのけて渋々立ち上がるふりをしながら、ウイスキーの瓶を金串の顔に叩きつける。鼻から血を噴いて金串がのけ反った。

他の客や店の女達が悲鳴を上げる。

「てめえっ」「このガキ」「やっちまえ」

男達が一斉につかみかかってくる。稀郎はテーブルをひっくり返し、右側にいた男のみぞおちに左の拳《こぶし》を叩き込んだ。そしてすかさず左側の男に向き直り、頭部を瓶で殴った。黄金《こがね》色の液体とともに砕け散ったガラス片が一面に降り注ぐ。

「野郎っ」

一人が懐《ふところ》から拳銃を抜いた。

殺《や》られる――

そう思った瞬間、男が悲鳴を上げてコルトを床に落とす。

男の手首は、背後から大きな手に捻《ひね》り上げられていた。

「喧嘩《けんか》でハジキなんか使うんじゃねえ。それでなくてもオリンピックのせいで近頃はサツがうるせえってのによ」

稀郎は息を呑《の》んだ。店中の者達も。

いつの間に入ってきたのだろう。優に一八〇センチを越える巨体。大きく張り出した顎《あご》に眼鏡《めがね》。そしてトレードマークの白いスーツにソフト帽。

間違いない。花形敬《はながたけい》だ。

たとえ直接会ったことはなくても、東京のヤクザ者なら誰もがその名を知っている。

横井英樹《よこいひでき》襲撃事件で服役中の安藤昇《あんどうのぼる》に代わり、組長代行として渋谷《しぶや》の安藤組を守る大幹部。ステゴロ、つまり素手による喧嘩の強さでは並ぶ者がないプロの喧嘩師とも言われている。真偽のほどは定かでないが、力道山《りきどうざん》をも震え上がらせたという逸話さえあるくらいだ。それが単なる噂でないことは、圧倒的な体軀《たいく》から発散される凶暴な気迫が何よりも雄弁に語っていた。

「飛本の若いもんは喧嘩の仕方も知らねえのかい」

「なんであんたが……花形さんよ、ここは渋谷じゃねえんだぜ」

このままでは恰好《かっこう》がつかないと思ったのか、流血している鼻を押さえた金串が精一杯に凄《すご》んでみせる。

「それがどうした。俺が上野で飲んじゃいけねえってのかい。それに第一、ここはてめえらのシマでもないだろう」

鼻で笑った花形がさらに一歩前へ出て、

「とっとと失せな。酒が不味《まず》くならぁ」

巨大な獣《けもの》が吠えたようだった。

飛本組の男達は、倒れている仲間を肩に担いで退散した。

同時に店のボーイ達が素早く花形のために席を作る。

「おい、そこの。よかったらこっちへ来な」

その場に立ち尽くしていた稀郎は、呼ばれるままに花形のテーブルに着いた。

「名前は」

「白壁一家の人見って言います。人見稀郎」

「ああ、聞いたことがあるな。俺は——」

「花形の兄貴さんですね。おかげさんで助かりました」

巨漢のヤクザは不機嫌そうな表情のまま、

「礼なんざいい。俺は喧嘩にハジキを使う奴が嫌いなだけだ」

花形の武器嫌いもまたよく知られている。彼はどんな武器を持った相手にも必ず素手で立ち向かうという。少なくともその噂は真実だったわけだ。

「それよりおまえ、一人で五人も相手にしようなんて、よほどの自信でもあったのかい」

「いえ、別に」

「ふうん」

花形はそれ以上、特に何も言わなかった。何事においてもぶっきらぼうで無愛想なのが彼の性分であると聞いている。

稀郎の前に、花形と同じヘネシーの水割りが置かれた。

「飲《や》ってくれ」

「頂きます」

二人してグラスを干した。美味《うま》かった。

「さっき少しだけ聞こえたんだが、映画がどうのと言ってたな」

ひとしきり飲んでから、花形が身を乗り出すようにして大きな顔を寄せてきた。

「それに飛本と言えば映画がシノギだ。喧嘩の原因は映画かい」

深い傷痕《きずあと》の残る相手の顔を間近に見ながら考える。

今まで散々聞かされてきた逸話からすると、花形は本来、そう簡単に人を助けたり酒を飲ませたりするような性格ではない。それどころか、他のヤクザと違って子分を持とうともせず、好き放題、わがまま勝手に往来する生まれついての暴れ者だ。組に金を入れるどころか、自らのシノギにさえ興味がないとまで言われた男である。

それが安藤昇不在の危機感と、組を預かっている責任感から、人が変わったように組の経営について考えるようになったと噂されている。

「兄貴さん、聞いてくれますかい」

瞬時に肚を固めて相手を見据えた。

「聞いてやってもいいが、面白い話なんだろうな」

「面白いかどうかは兄貴さん次第ってとこで」

「言ってみろ」

さほど興味のなさそうな体《てい》を装っている相手に、オリンピック記録映画の一件について隠さず話す。

安藤組とは『東興業《あずま》』という興行会社の別名でもある。安藤昇と映画界との関係は安藤組設立以前の昭和二十一年にまで遡《さかのぼ》る。その年に持ち上がった東宝争議で、東宝の用心棒を務めたのが愚連隊の神様と呼ばれた万年東一《まんねんとういち》である。この万年の指示により、安藤率いるグループがスト破りなどを実行していたのだ。

規模は小さいが、映画界における安藤組こと東興業の知名度と影響力は並々ならぬものがある。ここで安藤組を引き入れると、それだけ利権を持っていかれることにもなるが、事を進めるに当たっては恩恵の方が大きいと判断した。少なくとも、飛本組などに絡まれることは金輪際《こんりんざい》なくなるだろう。

「オリンピックの映画監督か。なるほど、そいつは面白いな」

乗ってきた――

「兄貴さんが力を貸してくれるんなら、この仕事は頂いたも同然です。こう言っちゃなんだが、安藤の親分さんがシャバに帰ってきなすったとき、オリンピックの監督を誂《あつら》えたのが東興業だと知ったら、さぞお喜びになりますぜ」

傍若無人《ぼうじゃくぶじん》がスーツを着ているような花形敬が、唯一忠誠を尽くすのが安藤昇である。この文言は予想以上に効いたようだ。

横井英樹襲撃の一件以来、安藤組が落ち目だというのは、ヤクザの間では公然の秘密と言っていい。それだけに花形も人が思う以上に気にしていたのだろう。

「話は分かった。明日みんなに紹介してやる。だがな、兄貴さんてのだけはやめろ」

「分かりました」

何かというと見栄を張りたがるヤクザの中で、虚飾を好まぬ花形は、周囲から親分、兄貴などと呼ばれることを嫌っている。稀郎は花形の噂話を語る者が「敬さん、敬さん」と呼ぶのを知っていた。

「よし、今夜は飲もう。固めの盃だ」

花形の合図でボーイ達が飛んでくる。

今夜は花形敬と飲み比べか――

稀郎は密かに覚悟を決めた。ある意味、サシの喧嘩より恐ろしい。

「おまえ、家族は」

いいかげん酔いが回ってきた頃、唐突に訊かれた。

「いません。みんな空襲でやられました」

「そうか」

巨漢のヤクザはそっけない相槌《あいづち》を打った。戦争で家族を失った者は大勢いる。特にヤクザになったような者には。多すぎて同情するほどでもないということだ。

「兄貴がいたんですが、神宮外苑から出征してそれきりです」

花形は口に運びかけたグラスを止めて、

「神宮外苑からってことは、学生だったのか」

「ええ、帝大の文科です」

「デキがよかったんだな」

「さあ、どうだか。なにしろ年が離れてましたから」

「俺は明大《めいだい》の予科だよ。もっとも、自主退学のクチだがな」

その頃の学生には、敗戦によって否応なく価値観の転換を迫られて虚無に沈み、暴力に走った者が少なくない。花形は世田谷《せたがや》の裕福な名家の出であるそうだが、彼もその例に漏れなかったのだろう。

いかつい顔にまるで不似合いな、自棄とも自嘲《じちょう》ともつかぬ複雑な笑みを浮かべ、花形はグラスに残った酒を一息に呷《あお》った。

すっかり酔い潰れた花形を担ぎ、真夜中過ぎに店を出た。彼の巨体を一人で担ぐのはもちろん無理だ。ボーイ達の手を借りたが、それでも巨石を抱く拷問のような苦しさだった。

ボーイの話では、酔って暴れる質《たち》の花形が、ここまで上機嫌に飲んだのは珍しいということだった。

「兄さん、よっぽど気に入られたんですねえ」

続けて彼は感心したようにそう言った。本当なら嬉しいが、稀郎にはその事実が、花形の弱気の裏返しであるようにも思えて不安になった。

タクシーに押し込んで、はたと困った。花形をどこへ送り届ければいいのだろう。

「六本木の明治屋《めいじ》」

花形であった。潰れたと思ったのだが、起きていたのか。

「明治屋って、スーパーマーケットの？」

運転者が怪訝《けげん》そうに聞き返す。

「こんな時間、もう閉まってますよ」

「黙って行け」

花形が一言吠えただけで、運転者は蒼白になって車を出した。

明治屋の前で稀郎と花形を放り出したタクシーは、逃げるように走り去った。

深夜ではあるが、周辺は静寂とはほど遠い。地下鉄工事が行なわれているためだ。来年には地下鉄六本木駅ができるのだという。

「こっちだよ」

千鳥足で歩き出した花形の後に続く。彼はそのまま横手の路地に入り込んだ。迷路のように入り組んだ路地の角を何度も曲がる。ここまで来ると工事の音も気にはならない。

「こっちにな、俺の隠れ家があるんだ」

花形が案内したのは、一軒のしもた屋だった。そう古くはないが、決して上等な普《ふ》請《しん》ではない。両隣は空家のようだった。

組にも妻子にも秘密のうちに借りたのだという。

「いいんですかい、そんな大事なヤサを今日会ったばかりの俺なんかに教えて」

巨体を押し込むようにして玄関に上がりながら、なんの気なしに訊いてみると、不可解な答えが返ってきた。

「仕方がねえんだ……もうたまらねえ……早くしねえと……」

意味が分からない。酔っているせいだろうとそのときは思った。

花形が突き当たりのガラス戸を開けて中に入る。

それに続くと、異様な臭いが鼻を衝いた。カタギの人間には気づかぬほどの微《かす》かなものだが、商売柄、何の臭いかはすぐに分かった。

血だ――

花形が電灯を点ける。六畳間の畳の上に黒い染みがいくつも見えた。間違いない。驚いて顔を上げると、花形はスーツとシャツを引き裂かんばかりの勢いで脱いでいる。

たちまち筋肉の塊のような上半身が露《あら》わとなった。伝説の通り、傷痕だらけの体軀だ。その一つ一つが、喧嘩師としての花形の戦歴を物語る。

次いで花形は、押し入れを開けて折り畳まれた毛布を取り出して手早く広げた。以前は闇市や露店でよく見かけた、米軍放出のざらついた毛布だ。その表面には、畳以上に黒い染みが広がっている。

簞笥《たんす》の引き出しからドスを取り出した花形は、何かに追い立てられるように毛布の上にしゃがみこんだ。その様子は、シャブを打つ前の中毒者のそれに酷似していた。しかし今彼が握っているのは注射器ではない。ドスなのだ。

何をする気だ――

度肝を抜かれるとはこのことだった。馬鹿のように突っ立ったまま、稀郎は無言で見守るしかなかった。酔っ払った花形に、迂闊《うかつ》に声をかけることほど愚かしい行為はない。しかも刃物まで手にしている。

「いいか稀郎、何があっても声を上げるんじゃねえ。黙ってそこで待っていろ」

肩越しに振り返った花形が、かすれたような声で言う。

言われるまでもなく、稀郎は無言で頷いた。

すると花形は、手にしたドスをいきなり己の胸に突き立てた。

苦悶《くもん》の色を浮かべ、そのままドスを真横へと引く。噴き出た血が毛布に飛び散る。

「まだ……まだなんだ……」

うわごとのように呟きながら、花形はドスを振るい続ける。

仁王のようなヤクザが、深夜に己を切り刻む。それはあまりに常軌を逸した光景であった。

稀郎はもう声もなかった。

花形は——話に聞く性的被虐嗜好者《マゾヒスト》なのか。確か江戸川乱歩《えどがわらんぽ》がそうした性癖についての話を書いていたような気がする。

しかし今の花形には、愉悦の表情など少しも浮かんではいない。むしろ快楽より最も遠い、苦痛に喘《あえ》ぐ重罪人に近い。

いや、それも違う。稀郎には、花形がまるで目に見えぬ悪霊と死闘を演じているかのように見えた。

一体なんだってんだ——

痺《しび》れ果てた頭の中で、恐怖と疑問とが得体の知れない渦を巻く。その渦が広がって全身を包み、指一本動かせない。

ただ、分かったことが一つだけある。

花形の体に刻まれた無数の傷痕は、全部ではないにせよ、花形が自ら付けたものなのだ。

するとこれは、己の戦歴を喧伝する自己演出の一環なのか。

だがそれでは、わざわざ自分に見せていることの説明がつかない。何かに急《せ》き立てられているかの如《ごと》く、もどかしげにドスを手にしたあの様子も。

第一、そんなことをしなくても花形の実力は大勢がまのあたりにしている。

「おい、なにをぼうっとしてやがんだ」

気がつくと、息を荒くした花形がドスをこちらに向かって差し出していた。

「すまねえが、こいつを台所で洗ってきてくれ」

怖々と手を伸ばし、ドスを受け取る。

言われた通りに奥の台所に行き、水道の蛇口を捻りながら思う。花形がこの家を借りたのは、人知れず自傷行為を実行するために違いない。

「それから、こっちの箪笥に手拭いがあるから、そこの洗面器に浸して持ってきてくれ」

背後から声をかけられる。流し台の横に目を遣《や》ると、鍋や薬罐《やかん》に並んでアルマイトの洗面器が置かれていた。

すべて指示の通りにする。花形は面倒くさそうに手拭いを絞り、自分の体に付着した血を拭い始めた。

「手当てしなくていいんですかい」

おそるおそる尋ねると、花形はぶっきらぼうに答えた。

「今頼もうと思ってたところだ。そこに救急箱があるだろ」

「へい」

それ以上よけいなことは言わず、花形が自分で付けた傷を消毒し、ガーゼを当てて包帯できつく縛る。縫合の必要があるのではとも思ったが、口にはしなかった。

「さぞかし驚いただろうな」

「へい、そりゃもう」

「わけが知りたいか」

その質問には答えなかった。返答の仕方を誤ると危険だと思ったからだ。

「俺もてめえなんかに教えたくはなかったが、仕方がない。今日はあんまり突然で、どうにも我慢ができなかった」

突然？　どういうことだ？

「おまえの兄貴がうらやましい」

いよいよ分からない。どうしていきなり兄の話になるのだろう。

頭がどうにかしちまったのか——本気でそう思った。

「俺はな、ガキの頃から大勢の兵隊相手に戦って、戦い抜いて、てめえの力で大将になることだけを考えてたんだ。アメリカ人は体がデカイだろ？　俺より強い奴がいくらでもいるに違いねえ。そんな奴らと思う存分喧嘩できたら、俺の力を証明できたら……畜生、たまらねえ、考えただけでぞくぞくしやがる。けどよ、俺は間に合わなかった……間に合わなかったんだよコンチクショウ」

それでか——それで戦死した俺の兄貴がうらやましいのか。

「進駐軍のGIどもに片っ端から喧嘩をふっかけたりもしてみたが、どいつもこいつも大したこたァねえ、俺の顔を見ただけで飛んで逃げやがる。そのくせ日本でやりたい放題だ。なにしろ連中は占領軍だったからな。いつの頃からだったか、気がつくと俺はてめえの体を斬っていた。そうしなけりゃ体中のもやもやを抑えられなかった……それだけじゃねえ、なんて言うか、そうしなけりゃならねえ気がしたんだ。だがそれも一時のことで、安藤組に入ってからはだいぶ治まってたんだ。なのによお、オリンピックの話が決まった途端、またぶり返してきやがった。来るな、と思ったらもういけねえ。我慢がどんどんきかなくなってる。こんな妙ちきりんなクセは誰にも知られるわけにはいかねえところだが、今夜だけはどうしようもなかった。おい稀郎、分かってるな？」

「分かっております。今夜のことは金輪際口にはしません」

「こいつはおまえのせいでもあるんだぜ」

「俺の？」

傷のある頬《ほお》を歪《ゆが》め、花形は凄惨な笑みを浮かべた。

「おまえがオリンピックの話なんかしやがるからよ。オリンピックを俺達の手で虚仮にする。まったく、面白《おもしれ》え話を持ってきてくれたもんだぜ。そしたらよ、もうたまらなくなっちまってな」

また分からなくなった。戦いの場を失って自らを斬りつける。日本復興の象徴たるオリンピック開催の報に我が身を裂く。そうかと思えばオリンピック愚弄《ぐろう》の計画に傷を増やす。

考えてみれば、敗戦後ぼうふらの如くに湧いて出たヤクザ達の中でも、花形は一際屹立《きつりつ》する孤高の異形《いぎょう》だ。そんな男の内面など、容易に理解できるはずもない。

医者ならそれなりの見立てをしてくれるかもしれないが、花形敬に「精神病院に行け」と告げるのは、自分の処刑命令書に自ら署名するようなものだ。

寡黙《かもく》と言われる花形は、喋《しゃべ》りすぎて疲れたのか、大きな息を吐いて立ち上がった。

そして下に敷いていた血だらけの毛布を投げてよこし、

「これを洗っとけ。外に干すんじゃないぞ。台所の天井に紐を渡してあるからそこに掛けとけ」

そう言って右手の階段に向かった。

「二階の押し入れに布団がある。勝手に敷いて寝ろ」

どこまでも勝手な男だ。しかし、それが最強と謳《うた》われる花形敬の特権だ。

花形の奇癖には面食らうどころではなかったが、ともかくも、これで安藤組との渡りはついた。

不安とも安堵とも言い切れぬ思いを抱いて、稀郎は血に濡れた毛布を洗い続けた。

5

翌日の午後。宇田川町《うだがわちょう》にある東興業の事務所で、稀郎は島田宏《しまだひろし》、花田瑛一《はなだえいいち》、石井福造《いしいふくぞう》ら安藤組の大幹部に囲まれていた。花形は奥の椅子にふんぞり返っている。スーツの下は生傷だらけのはずだが、昨夜の狂態などまるでなかったかのような顔をしていた。肉体的にも精神的にも、その神経は稀郎の理解をはるかに超えている。

「話は分かったが、敬さん、こいつはウチで引き受けるわけにはいかねえぜ」

苦々しい顔で口を開いた花田に、花形が食ってかかる。

「なんでだよ」

「いくらなんでもオリンピックをどうにかしようなんて、話のネタにしても大きすぎるぜ。現に飛本の連中に目を付けられてんだろう？　いずれは飛本だけじゃねえ、神戸がきっと出てくるに違《ちげ》えねえ。そうなったらどう始末をつけんだよ。白壁一家と心中するわけにゃあいかねえぜ」

「花田の言う通りだぜ」

石井福造も口を挟む。

「それでなくてもサツはウチを目の仇《かたき》にしてやがんだ。親分の留守中によけいな揉め事は避けるべきなんじゃねえのかい」

花形はむすりと黙り込んだ。

稀郎にも大方の状況は分かる。もともとが愚連隊あがりで、古いヤクザ組織のような上下関係を持たなかった安藤組は、決して一枚岩ではあり得ない。花形は確かに組長代行だが、大幹部達はそれぞれが手下を従えて勢力を競っている。これまで安藤昇の器量で保っていた分、その反動で各人がばらばらになりつつあるのだ。

いくら以前に比べて落ち着いたとは言え、この面々を掌握できるほど花形は政治的な人間ではない。

また「サツはウチを目の仇にして」いるという石井の言も決して誇張ではなかった。横井英樹襲撃事件を契機に世論を味方につけた警察は本格的な暴力団対策に乗り出し、新たに捜査四課を創設している。そうした官民の包囲網が、安藤組凋落《ちょうらく》の一因となっている事実は否めない。

「花形、みんなの意見は聞いた通りだ。ここは自重が一番だな」

安藤の参謀格だった島田が言う。花形はいよいよ不機嫌そうに口を曲げる。

こういう学生じみた合議制の名残が、他の組にはない安藤組の長所であるのも確かだが、中心となっていた安藤が不在の今、組にとって明らかに悪い方に作用しつつあると稀郎は見た。

「人見さんとか言ったな」

島田は稀郎の方を向き、

「悪いがさっきの話は聞かなかったことにさせてもらう。いいな?」

「へい」

深々と低頭する。安藤組の大幹部をこれだけ前にして反論するなど思いもよらない。

「その代わり、あんたがどこで何をしようと構わない。ウチが飛本組に肩入れするなんてこともない」

「じゃあ俺は一人でやるぜ。こんな面白そうな遊びをやめられるかい」

　ふて腐れたように花形が言った。最強の駄々っ子の面目躍如といったところだ。

「遊びだって？　敬さん、そいつはいくらなんでも──」

　反発を覚えたらしき石井を制し、島田が言った。

「花形、おめえがやりてえってんならそれもいいだろう。ただし東興業とは無関係だ。人見さん、どうだい、それで」

「ありがとうございます」

　立ち上がって慇懃《いんぎん》に礼を述べる。

　島田からその言質《げんち》をもらえただけで充分だ。東興業が無関係だと主張しても、背後に花形さえ立っていてくれれば、黙っていても東京中のヤクザが道を空けてくれる。利権を安藤組と折半せずに済んだ分だけ、白壁一家の非難も受けずに済む。かえって好都合というものだ。

「行こうぜ、稀郎。会社の看板なんて邪魔なだけだ。行こう行こう」

　花形が率先して出口へと向かう。一から十まで分かりやすい。昨夜の出来事が本当に夢であったように思えてきた。

花形の知遇と安藤組の黙認を得られたのは僥倖《ぎょうこう》だった。

それでなくてもヤクザ社会は情報が早い。あの夜以来、花形と稀郎が親しいという噂が立ち、暴力の化身のような花形を怖れるヤクザ達は、稀郎に手を出さなくなった。

つまりは最高の抑止力を手に入れたというわけだ。おかげで稀郎はさらに仕事しやすくなった。

錦田とは頻繁に密会し、互いに情報を交換した。策略上の動きだけでなく、錦田の日頃の立ち居振る舞いについても、稀郎は一方的に細かい指示を与えた。撮影所の人心が掌握できねば超大作の監督など到底務まらないからだ。

「はい、すべて兄さんのおっしゃる通りに致します。この御恩は一生忘れません」

首尾は上々と聞くたび錦田は相好を崩し、へこへこと頭を下げた。

稀郎は組とは別に会社を作り、大久保《おおくぼ》に事務所を構えることにした。

『人見エージェンシー』。それが新会社の名前だった。電話番の娘と雑用の小僧がいるだけの小さな会社であったが、それでも自分自身の城には違いない。

大石をはじめ、内心面白く思っていない者も組には多いだろうと察しはついたが、なにしろ親分の命令で進めている仕事だ。誰も口に出して文句は言えない。

実際に重要な大義名分もある。日本の社会は個人には金を出さないが、会社の看板を出しているだけで各社の重役は書類に判を押してくれる。映画作りの過程で入ってくる金を組に流すには、なくてはならない舞台装置だ。もちろん稀郎の懐にも自動的に流れ込んでくるような仕組みになっている。

それは決して目の前の利益のためだけではない。オリンピックの映画の後も、稀郎が興行界でシノいでいくには、なくてはならぬ看板だった。

その間にも、新しい情報が次々と入ってきた。

今井正に続き、今村昌平、渋谷実《しぶやみのる》らも後任監督の打診を受けながら断ったという。巨匠としてのプライドもあるだろう。また黒澤に対する遠慮もあるだろう。実際に周囲から、遠慮せよ、辞退せよと、有形無形の圧力を受け、断った監督もいるらしい。

加えて、黒澤の後釜ということになれば、結果的に何を作ろうと世間は比較の目で見るに違いない。およそ映画監督にとってこれほど恐ろしいプレッシャーはないだろう。門外漢の稀郎にもそれくらいの想像はつく。

いずれにしても、有力な候補が現われる前に錦田を押し込まねばならない。

決定に影響力を持つ小委員会の桑井、山畑、南沢の三人は押さえたが、彼らの言うには、それとなく錦田の名前を出して他の委員の反応を窺ったところ、本気にする者は誰もいなかったという。それまでの候補が素人でも知っているような大物監督ばかりであったためだ。

「つまり、錦田じゃあやっぱり知名度が足りねえってことかい」

渋谷全線座《ぜんせん》の地下にあるダンスホール『ハッピーバレー』で、花形が呆れたように呻《うめ》いた。花形は子分を持たないことを身上としているが、ハッピーバレーは彼を慕う花形派の若者が多く集まる店であった。

「情けねえ。もうちょっとマシなタマはなかったのかい」

「こっちで選んだわけじゃありませんから」

ビールのジョッキを口に運び、稀郎は答える。飲み慣れたいつものビールがやけに苦い。

「ちょうど今、錦田の新作がかかってるとこなんです。『輝ける明日の恋人』って映画なんですけどね、こいつの出来がいいって評判なんですよ」

「輝ける……なんだって？」

「『輝ける明日の恋人』」

一瞬首を傾《かし》げた花形は、すぐに「ああ」と頷いて、

「それなら映画館の看板で見かけたことがあるぜ。銭湯にもポスターが貼ってあったな」

錦田の新作が批評家筋に絶賛され、意外なヒットとなっていることは事実であっ

た。もともとは番組の穴埋めに近い会社企画の小品で、内容はごくありふれたメロドラマである。封切り後、一週間で次の作品と交替するはずが、好評のため二週間、三週間と延長されるほどの人気を呼んだのだ。批評家の間ではすでに今年度の収穫だと推す声すらある。願ってもない追い風であった。

もっとも、稀郎が積極的に観たいと思うような映画ではなかったが。

「それでもまだ監督の名前が知られるところまでは行ってない。あともう少しなんですがね。そうなると、小委員会で桑井達も堂々と錦田を推薦できる」

「それを待つには時間が足りねえってことか」

「ええ。こっちでも何か手を打たねえと」

だが、一体どんな手があるというのだ——

新宿三光町《さんこうちょう》の一帯は、今ではもっぱらゴールデン街と呼ばれている。五年前に売春防止法が施行されるまでは、青線がひしめいていた場所だ。

その中の一軒——本町通りに面した『マコ』で、稀郎は八戸に若松孝二《わかまつこうじ》という若い男を紹介された。

「今度の御注文にはこの若松がぴったりですよ。テレビの仕事をやってんですが、男気のある奴でね、御用命がなくっても人見の兄さんには一度御紹介したいと思ってたくらいなんですよ」

いかにも頑固そうな、顔の大きいずんぐりとした男で、じっとこちらを見つめている。稀郎にとっては、身近で慣れ親しんだ目付きだ。

「若松さん、あんた、カタギじゃねえだろう」

仏頂面が一気に綻《ほころ》んだ。

「実は、テレビの仕事をやる前に新宿の荒木《あらき》組におりまして」

「荒木組ってえと、安田《やすだ》組系の？」

「そうです、そうです」

「それがなんで足を洗ったんだい」

「喧嘩で半年も食らいましてね。どうってことないチンピラ同士のゴタゴタだったんですが、懲罰房にもぶち込まれて。いやあ、酷《ひど》い目に遭《あ》いました。そのときの警察や検察官の仕打ちときたら……いつか絶対に仕返ししてやろうと誓いましたね。だけど、奴らに歯向かうんなら腕力じゃあ駄目だ。権力の暴力にはかないっこねえ。そこで何か手はねえかと考えたときに思いついたのが映画なんです。映画の中なら、なんだって表現できる。警官を殺すのも、国家権力に唾《つば》を吐くのも思いのままだ」

どうやらこの男の権力嫌いと反骨心は筋金入りのようだ。そういうところは好感を持てる。

「ヤクザをやってる頃、現場で揉め事が起こらないようによく駆り出されましてね。撮影現場にはよく地元のヤクザが因縁付けに来るんですよ……おっと、人見さんには釈迦《しやか》に説法でしたかね」

「まあな」

「現場で立ち番をしてる間に映画の作り方を横目で見てましてね。門前の小僧ってやつですが、その頃に知り合った日活《につかつ》の図師《ずし》巌《いわお》って人に頼みに行ったんですよ、『弁当運びでもなんでもやるから』って。それで紹介してもらったのがテレビ映画の制作部だったたってわけで」

「こいつはね、『鉄人28号』や『鉄腕アトム』を作ってたんですよ。それに『矢車剣《やぐるまけん》之助《のすけ》』か」

手酌でビールを注ぎながら八戸が補足する。

「鉄腕アトム？　今年の元日からやってるってアレかい？　あんた、絵描きもやるのかい？」

「違いますよ。あんな漫画映画じゃなくって、四年ほど前にテレビでやってたんですよ、子役が被り物を被って」

「へえ、ちっとも知らなかったぜ。で、あんたはその監督かい」

「まさか」

若松は人懐こい笑顔を見せて、

「それこそ弁当の手配とか、裏方もいいとこですよ。使いっ走りみたいなもんですが、なにしろ元がチンピラなんで、体張るのは慣れっこでして、すぐにチーフ助監督になりました。チンピラってのはてめえの体を張ってのし上がるもんですからね。監督と役者が揉めたりしたときなんか、すぐ俺が呼ばれるんです。近頃の若い役者に多いんですよ、大して売れてもいねえくせに愚痴ばっかりって奴が。この前も菅原文太《すがわらぶんた》って元新東宝の野郎があんまりうるさいもんだから、監督の代わりに俺がどやしつけてやりましたよ」

「そのチーフ様が、どうして八戸なんかの世話になってんだい」

「こりゃまたとんだ言われようだ」

八戸がわざとおどけた仕草で自分の狭い額を叩く。

「こいつはね、人もあろうに、テレビ局の局長を椅子振り上げて追い回したんですよ」

「いやあ、そいつがまたふざけた野郎でね。クランクインの直前に別の台本持ってきて、『これでやれ』なんてぬかしやがるからこっちもカッとなって、『待てこの野郎』って。それでまあクビなんですけど、こっちから辞めてやらあって気分でしたね」

実に痛快な話しっぷりだった。

「それでぶらぶらしながらもうクニに帰ろうかなんて考えてるときに、八戸さんから『面白い男を探してる人がいるから会ってみないか』って言われて。てっきり映画の人かと思って来たんですが……」

「ヤクザなんで当てが外れたかい」

「いえ、そんな」

「確かに俺はヤクザだが、映画関係の仕事で人を探してるんだ。それに俺が八戸に頼んだのは、〈映画界に顔が利いて、度胸があって、頭の切れる男〉だ」

するとと若松は真面目な顔で、

「度胸の方は自信がありますが、アタマの方はどうでしょうかね」

「上々だぜ。あんた、生まれは」

「宮城の遠田《とおだ》郡ってとこです」

「歳は」

「二十七になりました」

「なんでえ、俺と同い年じゃねえか」

八戸の方に向き直り、例によって輪ゴムで丸めた数枚の一万円札を渡す。

「気に入ったぜ。これはいつものだ」

「おっと、すいやせんねえ」

それからまた若松に視線を戻し、

「若松さん、あんたの言う通り、国家権力にはどうしたって力じゃ勝てない。そこでさ、頭を使って国をいいように虚仮にしてやろうって話があるんだが、あんた、乗るかい？」

相手は途端ににたりと笑った。

「いいですねえ」

「どうやらまとまったようですね。それじゃ、あたしはこれで」

空気を察した八戸が立ち上がった。厄介な話に巻き込まれるのを怖れたのだろう。

二人きりになって、稀郎は若松のコップにビールを注いだ。

「まあ飲んでくれ」

「頂きます」

「なあ若松さん、あんた、オリンピックの記録映画をどう思う」

「別にどうも。俺なんかにとっちゃあ、まるで別世界の話ですよ。黒澤だろうと誰だろうと、知ったこっちゃありません」

「錦田欣明って監督、知ってるかい」

「名前だけは。助監督仲間の間じゃ、いけ好かないってえらく評判の悪い男ですよ。三流のクセに、やたらとえばりたがるって。まあ、今劇場《コヤ》にかかってる作品はそこそこ受けてるようですけど」

「その錦田をさ、俺達の手でオリンピックの監督に奉《たてまつ》ってやったらどうなる」

ビールを呷っていた若松は、大きく咽《む》せ《せ》て咳き込んだ。

「おい、大丈夫か」

「錦田をオリンピックの監督に？　正気ですか」

「正気も正気だ。その証拠に、裏には薄汚え思惑が絡んでる。何より、事の起こりは錦田本人の頼みだ」

「またとんでもねえ欲をかきやがったもんだなあ」

「それを裏でこっそり操るのは俺達だ。ご大層なオリンピックに、錦田みてえな三流の馬の骨を送り込むんだ。こいつが日本国の大監督だってな」

「待って下さい、仮にそれがうまくいったとして、錦田の野郎が喜ぶだけじゃないですか」

「まあな。錦田は実際、本気で取り組むつもりで構想を練っていやがる。それがなかなか悪くねえから、俺も乗る気になったんだ」

「分かりませんね、ヤクザの兄さんがどうして――」

「いいか、錦田は確かにインチキ野郎だ。けどよ、そのインチキが本物に化けたとしたらどうする」

若松の目の奥で何かが光った。彼の本質はやはり〈映画人〉なのだ。

「……面白いですね。偽物が本物になる。それこそ映画だ」

「だろ？　国家権力に唾を吐く。あんたの言う権力への仕返しにも、持ってこいなんじゃねえのかい」

「確かに」

「ところがオリンピック映画協会の小委員会を押さえたところまではいいが、どうもそれだけじゃ足りねえらしい。何かもう一押し、状況を動かす手が要るんだ。そこであんたに、なんでもいいから知恵を貸してほしいと、まあ、そういうわけさ」

「人見さん」

空になったコップをじっと見つめていた若松が口を開いた。

「実は俺、今、映画の監督をしてくれないかって話が来てるんです。それでどうしようか迷ってる最中で、まだ返事はしてません。そんなときに八戸さんから声をかけられて……」

「どこの映画だい。日活かい。東映かい」

「それが、大手五社じゃなくて、独立系の零細もいいところです。なにしろ、予算が百五十万しかないってんですから。だけど内容は俺の好きなようにやっていいって」

「へええ……」

「それにもう一つ、大事な条件があって、後ろ姿でいいから女の裸を出せってんです。去年封切られた『肉体の市場』って御存じですか」

「警察が猥褻《わいせつ》図画だとかなんだとかぬかしてたやつか」

「ええ、それです。ああいう映画を作ってくれってことですよ。大蔵《おおくら》映画がやってるようなエログロもの。人見さん、どう思います？」

逆に質問された。今度は稀郎が考え込む番だった。

「やった方がいいと思うな」

若松の視線が、その理由を問うている。

「世間にゃあ実際ああいうエロに対する偏見がある。一旦手を染めちまうと、そういう監督だって見なされちまう危険はあるだろう。だけどよ、エロだって監督は監督だ。一国一城の主《あるじ》だよ。たとえどんなに小さい城でも、持った経験のある者とない者とでは絶対に違うはずだ。ガラでもねえことを言ってるが勘弁してくれ。あんたなら小さい城から大きい城へと移っていける。たとえ一回でもやっとけば、大いばりで監督の名刺を作れるんだ、この機会を逃す手はねえぜ。百五十万てのは、なるほど、とんでもない低予算だが、言ってみりゃあゲリラ戦だ。ゲリラにはゲリラの戦い方があるだろう。せっかくの誘いだ、やっとけやっとけ」

若松は大いに心を動かされているようだった。

「それによ、世間に偏見があるんなら、それをぶち壊そうってのが反権力ってもんじゃねえのかい？　そうだ、なんなら、その映画の中でポリ公をぶっ殺してやればいいんだよ。裸さえ出てれば後はやりたい放題なんだろ？　あんたにとっちゃ、願ったり叶ったり、絶好のチャンスじゃねえか」

「でも人見さん」

若松が真剣な目でこちらの顔を覗《のぞ》き込む。

「監督を引き受けたら、すぐに映画の準備にかからなくちゃならない。人見さんの頼み、錦田欣明をオリンピック記録映画の監督に据えるって話に協力できなくなってしまいますよ。それでもいいんですか」

「仕方ねえさ。あんたにそんな先口が入ってるとは知らなかったからな」

正直に言って落胆は禁じ得なかったが、ここでごねる気にはなれなかった。

「人見さん、失礼ですけど、あなたは本当にヤクザなんですか」

さらに妙なことを訊かれて顔を上げる。

「どうして」

「いえね、俺の知ってるヤクザはもっとしつこいですよ。兄さんみたいな人は珍しいどころか、とてもヤクザとは思えない。映画のことも、下手したら俺なんかよりもずっと分かってる」

ビールを呷って苦笑する。

「確かに俺は映画狂いの変人ヤクザだって言われてるよ。それでずいぶんワリも食ってる。でもな、俺は心底観てみたくなったんだ、あんたの作る、ポリをブチ殺す映画をな」

「分かりました」

重々しく、それでいてさっぱりとした顔で若松は頷いた。

「感謝します。これで監督になる決心がつきました」

「そいつはよかった」

稀郎は追加のビールを注文し、

「まだいけるんだろ？　あんたの新しい門出を祝おうじゃねえか」

「ありがとうございます」

礼を言ってから、若松は一筋縄ではいかない笑みを浮かべて稀郎を見た。

「全面的には協力できませんが、錦田の件、俺なりになんとか考えてみますよ。人見さんのお力になれれば、俺にとっても本望です」

「嬉しいことを言ってくれるぜ。ま、当てにしないで待ってるよ」

それから二人で大いに飲んだ。ゴールデン街をはしごしながら映画について語り合うのは、ヤクザ相手にはできない貴重な時間であった。

当てにしないで待っている——若松にはそう告げたが、一週間と経たないうちに、彼はとびきりのアイデアを持ってきてくれた。

「松竹の大谷竹次郎《おおたにたけじろう》、御存じでしょう?」

知らないわけがない。松竹の創業社長で歌舞伎の興行を支配する一方、戦前から映画の制作を開始した、名実ともに日本の興行界に君臨する大物である。

「エロ映画の打ち合わせに入ってすぐに、大谷のとこに出入りしてる自称ブローカーと知り合ったんですがね。最初はなんでこんな所にこういう奴がいるんだろうと不思議に思ったんですが、どうやら大谷にはブルーフィルム鑑賞っていう結構な趣味があるらしくて、それで大谷に取り入ろうとする連中がエロ映画の現場にも顔を出したりするようで」

品川《しながわ》のトリスバー『さくらんぼ』のカウンターに座った若松が言った。

ブルーフィルムの秘密鑑賞会は、市井《しせい》の庶民から社会的地位のある著名人までを対象に、広く頻繁に行なわれている。時には接待として使われることもある。なにしろ制作しているのがヤクザなのだから、稀郎にとっては特に驚くほどのことでもない。

「去年の『肉体の市場』はアングラのブルーフィルムじゃありませんが、大谷はえらくお気に召したとか。まあ、ともかく、俺が知り合ったブローカーはそんな趣味を利用して大谷と親しいらしいんですがね、そいつを通して、大谷に渡りをつけてもらおうと思うんです。俺の撮る映画の危ないスチールを何枚か渡すって約束でね。大谷には恰好の手土産《てみやげ》になるでしょう」

「そいつはいいが、渡りって、一体なんの渡りだい」

「大谷を通じて、人見さんを大映の永田雅一《ながたまさいち》に引き合わせるんですよ」

こいつ――予想以上のタマじゃねえか――

稀郎は改めて若松の横顔を見つめた。

ほとんどシラフでとんでもないことを言い出しやがる――

6

若松は口先だけの男などではなかった。トリスバーで明言した通り、見事に永田雅一との面談の約束を取りつけてくれたのだ。

永田雅一と大谷竹次郎の縁は深い。戦前に松竹の大谷に取り入った永田は、自らの創設した第一映画社の俳優を連れ、大谷の経営する新興《しんこう》キネマの京都撮影所長に就任した。それが永田の輝かしい経歴の第一歩とされているが、その裏では大谷の意を受けて日活の分裂を画策していたという説もある。いずれにせよ、大谷を介しての紹介ならば、多忙を極める永田も無下にはできぬ理屈である。

——俺はこれから初めての監督をやらなくちゃならないんで、ここで手を引かせて頂きます。後は人見さんの腕次第ってことで。

そう言い残し、若松は忙しげに台本の素案らしきノートを握り締めて去っていった。

初監督か——

稀郎には、彼の後ろ姿がどうにも眩《まぶ》しくてならなかった。条件の厳しいエロ映画ということだったが、彼はまぎれもなく「監督」なのだ。手探りながらその道を踏み出そうとしている若松がこの上なく頼もしく、またほんの少し羨ましくもあった。

まあいいさ、俺には俺の道がある——

稀郎は改めて、若松の用意してくれた〈道〉に向き直った。

京橋《きょうばし》交差点の角にある大映本社ビルの社長室で、その男は待っていた。

天才的に弁が立ち、且《か》つハッタリの達人であることから、戦前より〈永田ラッパ〉と呼ばれた怪物。

大映社長の永田雅一である。

革ジャン姿で現われた稀郎を一瞥《いちべつ》し、「人見君てのはチミかね」と大儀そうに言った。

それまで永田は、東京オリンピックの監督問題についてはどういうわけか終始無関心であった。もし永田が本気になれば、正面から子飼いの監督を押し込みにかかるだろう。この眼鏡にチョビ髭の小男には、それだけの力も人脈もある。

「この前、東映の大川《おおかわ》さんらとゴルフに行ったんだが、一緒におった海図組の村崎《むらさき》君が言うには、なんでもチミはオリンピックの監督に松竹の錦田をねじ込もうとしとるそうじゃないか。そりゃほんとかね」

「ええ、本当です」

腹を据えて答えると、永田は「ほう」と目を細め、

「錦田ってのは、ありゃ二流だよ。僕も昔からよう知っとるが、気のこまい男でな、どう贔屓目に見ても黒澤とは格も器も違いすぎる。あんなのを監督に据えたら、日本の恥になるだけじゃ。悪いことは言わん、やめとけやめとけ」

したたか、強欲、横柄、ワンマンなどと評されることの多い永田ラッパにしては、意外なほど真っ当な意見であった。しかも口調は至極落ち着いている。

「それはよく存じております」

「だったらチミィ」

「お言葉ですが社長、これが普通の劇映画だったら、錦田は確かに黒澤明や今村昌平、吉村公三郎には勝てないでしょう。なのに実際はどうですか、黒澤はとんでもない金を出せとゴネた挙句、手前勝手に降りやがった。いかにも黒澤らしい思い上がりだが、今は巨匠のわがままに付き合ってる場合じゃない。すぐにでも監督を決めて準備にかからなきゃならねえっていう火急の時です。幸い錦田の『輝ける明日の恋人』が馬鹿当たりしてる最中だ。大島渚のようなわけの分からない若手より正統派の錦田だって声も出てる。この流れなら錦田に持ってくのもおかしくはない。それにここが一番の肝ですが、オリンピックの映画に関しちゃ、錦田はいいアイデアを持ってます」

稀郎は自分でも驚くほど情熱的に錦田の構想について熱弁を振るった。まるでそれが自分自身の創造物であるかのように。

黙って聞いていた永田は、稀郎が語り終えるのを待ってぽつりと言った。

「けどな、これは映画界だけじゃない、お国の問題だ」

虚を衝かれた。

「そりゃ僕も映画人として意見を求められたら誠心誠意応じるつもりだが、こっちからあくせいこうせいと指図するのは、筋違いというもんじゃないのかね」

永田は本音で語っている——そう直感した。

思えば永田雅一とは、極めて不可解な人物である。京都千本《せんぼん》組の若い衆から身を起こし、才覚一つで映画界の頂点までのし上がった。多くの敵を追い落とした権謀術数は年々偏執の気味を増しつつも、その反面、映画に懸ける情熱は本物だ。多分に独善的で反対意見には耳も貸さない傲慢さを併せ持つが、その情熱こそが多くの映画人、いや、活動屋を魅了し、心酔させてきた最大の要因なのだ。

〈映画人は信用できんが、活動屋は信用できる〉。山本嘉次郎《やまもとかじろう》が永田を評して言ったと伝えられる言葉である。まさに永田の面目躍如と言ったところか。

経営者としての策士の顔と、映画に魂まで魅せられた活動屋の顔。そのどちらが本当なのか、おそらくは永田自身にも分かってはいまい。

だからこそ――眼前の小男に〈連帯感〉とでも称すべき奇妙な感情を抱かずにはいられなかった。たとえそれが一方的な思い込みであったとしても。

稀郎はとっておきの切り札を出した。

「お国の映画だからこそ、配給はぜひ大映に」

永田の目が夜の梟《ふくろう》のように光った。老獪《ろうかい》な策士の方の顔だ。

「オリンピックの映画は絶対に当たる。錦田の狙い通りに作ればね。組織委員会の見込み以上にずっと儲かるはずだ」

「できるとでも言うのかね、チミにそれが」

「錦田に決まりさえすれば。奴が委員会を説得して大映に持っていくよう動きます」

「一体、チミは自分を何様だと思ってるのかね？　ただのチンピラじゃないか。それも興行の世界では新参ですらない」

窓から射し込む赤い落日が稀郎の横顔をじりじりと炙《あぶ》る。

「人見君、チミは警職法改正で国会が混乱したときのことを覚えとるかね。五年前、そう、昭和三十三年の話だ」

「覚えてはいますが、詳しくは知りません。なにしろ、その頃はまだまだ半人前のガキみてえなもんでしたから」

「そうだろうな」

遠慮会釈もなくこちらを見下すように言った。

「警職法は知っとるな」

「警察官職務執行法のことでしょう」

「ほお、チンピラにしてはインテリじゃないか」

「単に仕事柄で」

「つまらん謙遜《けんそん》はええ。岸信介《きしのぶすけ》が総理をやっとった時代でな。安保改定反対運動を押さえ込もうと予防拘禁ができるように警職法の改正案を出したんだが、もう散々に叩かれて撤回せざるを得なくなった。ともかくそれで岸は大苦境に陥ったわけだ」

思い出した。確かニュース映画で観た覚えがある。当時、第二次岸内閣は安保闘争と党内抗争の荒波に揉まれ瓦解《がかい》寸前であった。犯罪を行なってもいない人間をあらかじめ拘束するというのが予防拘禁であるから、いくら治安のためとは言え、民主主義を標榜《ひょうぼう》する国家のすることではない。

「そこで岸はとんでもない手に打って出た。官僚派の佐藤栄作《さとうえいさく》、それに党人派の大野《おおの》伴睦《ともちか》と河野《こうの》一郎《いちろう》を集め、政権禅譲を餌に大野と河野に協力を要請した。次は大野だと明言したんだ。立会人は児玉誉士夫《こだまよしお》、萩原吉太郎《はぎわらきちたろう》、それにこの僕だ。場所は帝国《ていこく》ホテルの『光琳《こうりん》の間』だったな。借りたのは僕だから間違いはない」

岸信介は戦前の満州《まんしゅう》で児玉誉士夫、笹川良一《ささがわりょういち》、瀬島龍三《せじまりゅうぞう》、椎名《しいな》悦三郎《えつさぶろう》らと密接な関係を築いている。いわゆる満州人脈である。彼らと永田との交流もまたつとに知られていた。

「よう聞いときたまえよ、人見君。戦後の保守政治ちゅうのはな、大まかに言うて官僚派の吉田茂《よしだしげる》人脈と、党人派の鳩山一郎《はとやまいちろう》人脈、このどちらかに行き着くんだよ。このうち吉田系はなんちゅうても資金力がある。なぜかっちゅうとな、吉田系は官僚エリートだからだよ。それがどういうことか、チミに分かるかね」

「つまり、財界には役人が大勢天下ってるから、同じ役人出身の政治家とはツーカーで、利権の絡む許認可事業も思いのままってことですかい」

眼鏡の奥で、永田の目がほんの少し見開かれた。
「なるほど、ヤクザにしては頭はいいようだな」
「頭はヤクザの方がいいもんでしょう、社長」
永田がヤクザ出身であることを踏まえた危険な返しだ。一つ間違えば逆鱗《げきりん》に触れて
それきりとなる。
「度胸もあると言いたいわけか」
さすがに切れる――稀郎は改めて永田を畏怖《いふ》する。決して侮《あなど》ってはならない相手
だ。
「まあいい。ともかく、この政権禅譲の密約を岸は平然と反故《ほご》にしよった。最初から
そのつもりだったんだな。さすがは昭和の妖怪と言われる男だ。弟の佐藤栄作と組ん
で後継に池田勇人《いけだはやと》を担ぎよった。立会人を務めた僕らの面目は丸潰れだよ」
そういうことか――
池田勇人が自民党総裁に選ばれた祝賀パーティー会場で、岸は右翼の荒牧退助《あらまきたいすけ》に刺
され、全治二週間の怪我を負った。
政界、そして芸能界。さまざまな出来事が瞬時につながる。
昭和十二年、松竹から東宝への移籍を決めた長谷川一夫《はせがわかずお》は、何者かに襲撃され役者
の命とも言うべき顔を斬られた。実行犯は逮捕されたが、被害者である長谷川自身の

強い希望もあって捜査は徹底されず、真相は今も不明のままだ。襲撃を命じた黒幕の正体は諸説あるが、当時から最も有力な容疑者と目されていたのが、他ならぬ永田雅一である。大谷竹次郎と永田雅一の関係を考えれば、極めて筋の通る構図である。

「社長は、この件にもそういう厄介なしがらみが付いていると、こうおっしゃりたいわけですか」

「大きな声じゃあとても言えんが、オリンピックは初手から利権と抱き合わせになっとるからな。言うなれば映画の二本立て興行みたいなものだ。実に嘆かわしい次第だよ。だが、結果として日本のためになるんならよしとしよう、僕はそう考えて一切手を出さんことにした。ことに映画に関わるような案件にはな。こう見えても僕は最後の活動屋なんだ。活動屋がカツドウを汚すような真似ができるかね、おい」

自称〈最後の活動屋〉。世評に高いその文言を、本人の口から直接聞けるとは思わなかった。

決して善人ではあり得ない。詐欺師、山師と紙一重の策略家だが、映画を愛する心だけは本物だ。そのあたりが錦田のような小物とは違う。もっとも、仮に長谷川一夫の顔を斬らせたのが永田であったとするとどうにも矛盾してくるが、そうした複雑怪奇な情念の一切を、まとめて呑み込んでいるのが永田雅一という怪物だ。

「社長のお心はよっく分かりました。その上、私がこのまま事を進めた場合、児玉先生をはじめとするおっかない方々がどう出てくるか分からないというわけですね」

「さあなあ。場合によっては、天下の児玉誉士夫が君の後ろ盾になってくれるかもしれんぞ」

　ここでとぼけてみせるところが永田雅一の真骨頂だ。

「社長もお人が悪い。それは金輪際ありませんね」

「どうして分かる」

「児玉先生はとっくに海図組の組長さんと御昵懇《じっこん》だ。私みたいなチンピラが入り込む隙なんてあるはずもありませんや」

　永田は不意に相好を崩し、

「人見君、チミ、僕の下で働いてみる気はないかね。君なら将来の撮影所長も夢じゃない。すぐにというわけにはいかんが、この世界は実力が第一だ。なんならこの場から電話してもいい」

　撮影所長。それは監督に次ぐと言うより、むしろ監督にも勝る地位と権限を誇る役職である。正直、心がぐらりと動いた。

「せっかくですが、遠慮させて頂きます」

「なぜだ」

　すでに受話器に手を伸ばそうとしていた永田が意外そうに顔を上げる。

「私の心はもうオリンピックの映画に行ったきりになっております。こいつを片づけてしまわない限り、他の映画のことは考えられそうにありません」

「そうか、チミも相当な馬鹿もんだな」

「すみません、せっかくの御厚意を」

「気にせんでええ。映画馬鹿、大いに結構。この仕事はそこらにいる生半《なまなか》な馬鹿では駄目だ。本物の大馬鹿でないと務まらんからな」

上機嫌で頷いている。稀郎はこの瞬間を待っていた。

「社長は初対面の私に貴重な忠告をして下さったばかりか、雇いたいとまで言ってくれた。一介のチンピラを、どうしてそこまで買えるんですかい」

永田は口許に不敵な笑みを浮かべた。こちらが仕掛けようとしていることを察しているのだ。

「忠告のついでに警告もしてやろう。あんまり図に乗らん方がええぞ、人見君。わしは一度関わらんと決めたんだ。その意味を考えたまえ」

厳しく、冷ややかな言葉。しかしその裏に稀郎はある含みを見出した。

「おっしゃる通りで、そいつを考えてみましてね。社長は見ているだけでいいってことです。何があっても人見という馬鹿のせいだ。自分は何も関係ないってね」

永田は無言でこちらを見つめている。

その禿げ上がった頭の中で、猛烈な計算が渦巻いているに違いない。

夕陽の朱が次第にその深さを増していく。

今この色をカラーで撮れたら――宮川一夫ならきっと撮ってくれるに違いない――

そんなことを考えた。

やがて永田はくるりと背中を向け、壁に掲げられた『羅生門』と『地獄門』のポスターを交互に見た。

「好きにせい。言っとくが、僕は何も知らんからな」

通じた――

稀郎は深々と永田の背中に向かって一礼した。

「心得てます、社長」

7

人見エージェンシーは永田雅一と密約を交わすことに成功した。

永田は映画界における稀郎の活動を黙認する。引き換えに、錦田欣明の監督就任が決定した暁には、配給が大映一社となるよう錦田を通して組織委員会に働きかける。

黙認とは言え、それは事実上、永田雅一の後ろ盾を得たに等しい。

それは稀郎の裏工作にとって、計り知れぬほどの威力を発揮した。なにしろ大映を中心に、撮影所や映画界の隅々にまで自由に出入りすることが可能となったのだ。永田が許している以上、文句を言う者は誰もいない。たまに事情を知らない裏方の荒くれが「このどチンピラが、誰に断って入ってきてやがんだ」などと嚙みついてくることはあったが、そんなときは周囲の職人達や現場の親方が慌てて男をなだめ、寄ってたかって外へと連れ出す。稀郎にしきりと頭を下げながら。

今をときめく俳優達も撮影所で稀郎を見かけると目礼するようになった。それでもまだまだ稀郎を知らない俳優も多いので、そんな場合は付き添いのマネージャーや俳優仲間が急いで耳打ちする。するとたちまち愛想笑いを浮かべ、あるいは緊張して、こちらに向かって丁寧に頭を下げるのだ。

それは大スターであっても例外ではない。当代の大物俳優達が次々と声をかけてくる。決して嫌な気分ではないが、それはそれで妙に居心地が悪かった。

あるとき赤坂《あかさか》の『田賀』で飲んでいると、「御機嫌ですね、人見さん」といきなり声をかけられた。歌手の水原弘《みずはらひろし》であった。すでにだいぶ酔っている。

『黒い花びら』で大ヒットを飛ばした水原は、映画界からも招かれて各社の映画に顔を出していた。大スターである勝新太郎《かつしんたろう》を真似て豪放磊落《ごうほうらいらく》を気取っていたが、本来の小心が透けて見える。稀郎は田賀が勝新太郎行きつけの店であったことを思い出した。

「別に機嫌がいいわけじゃねえ」

関わり合いたくないので極力無愛想に応じる。ヒットが続かず歌手としては低迷している水原が、酒に溺れ、あちこちで借金を重ねていることはよく知られていた。それだけならまだいいが、勝新太郎のような大物には露骨に甘えてみせる一方で、格下と見なした者には徹底して冷淡な性格が気に入らなかった。

「つれないなあ。僕、実は人見さんに憧れてんですよ」

臆面もなく言う。そういうときの魂胆は見えている。

「金なら貸せねえ。他を当たりな」

そう言ってやると、なにやらブツブツと呟きながら離れていった。

またあるときは、銀座《ぎんざ》で田宮《たみやじ》二郎《ろう》に呼び止められたりもした。

「あっ、人見さん、おはようございます」

銀座という場所にふさわしく、全身を高級スーツやブランド品で決めている。

歳は確か水原弘と同じで自分よりも一つ上。しかし礼儀の方はずいぶん違う。もっとも、その腰の低さが内に秘めた野心の裏返しであることは明白だったが、稀郎はかえって好感を抱いていた。鬱屈した陰を持つ田宮の佇《たたず》まいに、どこか己と近いものを見ていたのかもしれない。

「どうしたい、天下の二枚目が一人で買い物にでも来たのかい」

「いえ、ロケの合間に抜け出してきたんですよ。撮影の段取りに行き違いがあったらしくて、一時間ほど休憩になりまして」

一八〇センチもある長身の田宮は、文字通り見上げるような偉丈夫だった。しかも動作がいちいちスマートで、しなやかさと軽やかさを併せ持っている。

「観たぜ、『悪名』の新作。ありゃあいいシリーズだなあ。この先が楽しみでならねえよ」

するとと田宮は自身のイメージとはかけ離れた、はにかんだような笑みを浮かべた。

「通《つう》の人見さんにそう言ってもらえると、下手な評論家に褒《ほ》められるより嬉しいですよ」

彼とは以前、永田の紹介で酒席をともにしたことがある。そのときは映画談義に花が咲き、田宮は稀郎の語る映画評を真剣に頷きながら聞いていた。

「あの晩は楽しかったなあ。人見さん、今度またゆっくり映画の話を聞かせて下さいよ。実は僕、今後の役作りというか、俳優としての在り方に迷っていることがあって、人見さんの意見を伺いたいと思ってるんです」

見当はつく。その生いたちのせいか野心の大きすぎる田宮は、大先輩の勝新太郎と共演する『悪名』シリーズのヒットだけでは飽き足らず、さらなる飛躍を求めてあがいているのだ。本人がセルフイメージを気にして颯爽《さつそう》とふるまっている分だけ、そのさまは傍目《はため》にも痛々しかった。

「ああいいよ。俺なんかの意見で役に立つんならな」

「ありがとうございます。じゃあ、また連絡します」

一礼して歩き出した田宮は、ふと思いついたように振り返った。

「そうだ、この前は訊きそびれましたが、人見さんはどういうきっかけで社長とお知り合いに？」

田宮の目から隠し切れない嫌な光が漏れている。

本当に訊きたかったのはそれか――

大映現代劇を牽引するトップスターであるはずの田宮二郎は、勝新太郎と並ぶ大映の看板俳優たる市川雷蔵《いちかわらいぞう》とは、未だ共演を許されていない。それは永田雅一の意向であると噂されていた。

一見永田に寵愛《ちようあい》されているように見えながら、その真意を計りかね、田宮は日夜疑心暗鬼に呻いているに違いない。

「俺はな田宮、あんたのことが嫌いじゃねえ。俺もまた、なんとしてでものし上がりたい、そればっかりを考えているからさ。それだけに、必要以上にてめえの似姿を見せられると、どうにもうんざりしちまってな」

「人見さん、僕はそんな――」

「俺の気の回しすぎだってんならそれでもいい。第一俺は、あんたみてえな二枚目でもなんでもねえしな。ただ俺は、ずっとあんたのファンでいてえだけなんだよ」

「ありがとうございます。失礼は勘弁して下さい」

すぐに察した田宮が素直に詫びる。羞恥《しゅうち》と自己嫌悪に顔を伏せたまま、今度こそ身を翻《ひるがえ》して去っていった。

その後ろ姿に、稀郎は漠然とした危惧《きぐ》を覚える。それは取りも直さず、己の将来に対する予感でもある。

危ねえなあ、野心てやつは、あんなにも――

自戒を込めて呟いた。

それにしても、恐るべきは映画界における永田の影響力である。中には自分のことを内心快く思っていない者もいるだろう。いや、表面的な態度にかかわらず、全員がそうだと言っていい。

それでも与《くみ》すべきは強者ということか。映画界のどこに行っても、稀郎は丁重に扱われる。兄貴、兄貴と。誰もが擦り寄り、媚《こ》びへつらう。もはや誰も知らないチンピラではない。

集まってくる中には得体の知れない怪紳士、魑魅魍魎も含まれる。しかし稀郎自身が〈そちら側〉の人間であるため、適度に距離を保つことには慣れていた。さながら戦後の闇を煮染めたような鍋の底を、真っ黒になって回遊する小魚にでもなったような気分であった。

人一倍映画に耽溺《たんでき》していたことも幸いした。稀郎は撮影監督、美術監督をはじめ、主だったスタッフの名前と業績を把握していた。職人、及び職能集団は、狷介《けんかい》な性格である一方、自分達の仕事を知っていて、評価してくれる人間には滅法弱い。

「あんたの仕事は知ってるよ。ありゃあ、いいシャシンだったなあ」

例えばそんな一言で、稀郎をただのチンピラだと侮っていた撮影所の男達からも、次第に一目置かれるようになっていった。

そうした中で、稀郎は「錦田欣明をオリンピックの監督に」という現場の声を醸成することに専念した。スタッフの支持なくしては、映画制作は成り立たない。

錦田の監督作『輝ける明日の恋人』は、今も動員数を増やしている。とりあえずは順調と言えたが、いつ予想外の事態が起こるか知れたものではない。少しでも早く事を進める必要があった。

気がかりな点は、錦田の人格である。これぱかりはどうしようもないので、少なくとも自ら墓穴を掘らないよう日頃から言い聞かせてはいる。それでも今一つ信用できない。表面的には素直に言うことを聞いているが、内心では年下のくせにと歯嚙みしている節も感じられる。

そうと分かっていながら錦田を神輿《みこし》として担がねばならぬ気苦労は、覚悟はしていたものの想像以上に神経を使うものであった。

そんな折、よりにもよって錦田の監督する現場でトラブルが起こった。

『望郷の流れ者』という会社企画の小品で、ジャン・ギャバンの主演で知られる戦前の名作『望郷』を露骨に換骨奪胎したような安易な脚本である。

稀郎としては、せっかく『輝ける明日の恋人』が評価されているのだから、錦田には次回作として大作とまではいかなくても、もう少しましな企画をやってもらいたいところだった。その方がオリンピック記録映画の監督として推す上でも都合がいい。しかし量産体制下のローテーション上、錦田の登板が前々から決まっていたというから文句は言えない。当の錦田はオリジナルの『望郷』にはことのほか思い入れがあるらしく、嬉々として監督に取り組んでいた。

「こういうシンプルなドラマの方が、かえってアレンジしやすいし独自性も出しやすい」というのが錦田の弁であった。「間違っても二番煎《せん》じにはしない」とも言っている。それを聞いて「なるほど」と思った。映画作家として筋は通っている。いずれにしても、本人が乗り気ならどうこう言っても仕方がない。『輝ける明日の恋人』も本来は添え物のはずだった。それが蓋を開けてみたら大化けしたのだから、今回も同じ奇跡が起こることを期待した。

トラブルの発端は実につまらぬことで、藤沢《ふじさわ》の田園地帯でのロケ時にサード助監督の手配ミスがあり、人数分の弁当が届かなかったのである。

弁当と言っても、竹の皮か新聞紙で包まれた握り飯で、メインスタッフにはメザシや煮物が付いているが、大概は漬物か梅干が入っていればいい方だ。ただし大物スターは別で、彼らは自前で重箱弁当を用意させている。

ともかくこういうとき、届いた弁当は偉い順に配られる。プロデューサーは不在だったので、主演の俳優、準主演、撮影監督、キャメラマンと、実に機械的に弁当が渡された。監督の錦田は、本来なら真っ先に弁当を渡されるところだが、会社から急な電話が入ったとかで、午前中の撮影が終わると同時に、一番近い電話まで制作進行の車で飛び出していった。

たまたまロケに同行していた稀郎も、当然の如く早い順番で弁当を受け取り、畑の真ん中に腰を下ろしてすぐに箸をつけた。

どこからか肥《こえ》の臭いが漂ってくる。近くに野壺《のつぼ》があるのだろう。舌打ちして場所を移動する。

「ふざけるなっ」

怒号が聞こえてきたのは、稀郎が弁当を半分ほども食べ終わった頃である。

見ると、全部で十人ばかりのスタッフと俳優がサード助監督を取り囲んでいる。

「なんで俺達だけ弁当なしなんだ」

「だからそれは僕のミスで……」

うなだれているサード助監督の生野《いくの》に、照明スタッフの星山《ほしやま》が嚙みついた。

「それは何度も聞いた。俺達が訊いてるのは、なんで俺達なのかってことなんだ」

大体の事情がそれで分かった。弁当はロケ地での唯一の楽しみと言っていい。たかが弁当であるが、スタッフ、キャストにとって、それは決してゆるがせにはできない重大事なのだ。皆に配られる弁当が、自分だけもらえない。その悔しさは、稀郎には充分理解できた。

チーフ、セカンドの助監督、それに数人のスタッフが駆け寄っていく。

まずチーフ助監督の倉居《くらい》が生野を問答無用で殴りつけた。

「てめえ、またしでかしてくれやがったな」

それから全員に頭を下げ、

「すんません、これは俺らの責任ですから、できるだけ早く弁当を用意させますんで勘弁してやって下さい」

その時点で、稀郎は現場によくある揉め事だと傍観していた。本当によくある喧嘩だ。

「僕らが言ってるのはそんなことじゃないっ」

俳優の一人が叫んだ。名前は知らない。

「こいつはな、わざわざ選んで弁当を配ってた。それで俺達を後回しにしたんだ」

「だからそれは……」

抗弁しようとした倉居を遮り、

「序列通りなら話は分かる。だが明らかにそうじゃない。こいつは順番を待っていた僕を抜かして、昨日今日の新人に配りやがった。ニューフェイスでもなんでもない、ただの通行人だ。え、どういうことだ、説明してみろ」

黙り込んだ倉居に代わり、キャメラマン助手の梅田《うめだ》がぼそりと言った。

「やだねえ、三国人はこれだから」

途端に星山が梅田に殴りかかった。たちまち乱闘になった。

いけねえっ――

稀郎は食いかけの弁当を投げ出して駆けつけた。

事態の全貌が一瞬で分かった。サードの生野は、在日朝鮮人にだけ弁当を配らなかったのだ。

「てめえらっ、やめねえかっ」

割って入ろうとするがもう手が付けられない。映画の撮影は徹夜の連続で、そこにロケが入るとなおさら厳しい。クランクインから鬱屈していた憤懣が一気に爆発した恰好だ。だが決してそれだけではない。弁当を渡されなかった男達の面上には、悲壮な怒りのようなものがありありと見て取れた。生半なことでは彼らの怒りは収まりそうにない。

現場で何かトラブルが起こった場合、それを収めるのは主に助監督の仕事であり、監督の中にはすべて助監督に押し付けて知らぬ顔を決め込む者も少なくない。だが今の場合、問題を起こした張本人がサードとは言え助監督で、チーフもセカンドも彼をかばって大暴れしている。

こいつはまずいぜ——

悪いことにプロデューサーが不在だから、ここで問われるのが稀郎の器量である。現場に入っていたヤクザが喧嘩の仲裁一つできなかったら、それこそ面子《メンツ》は丸潰れだ。そうなるとこの現場で自分に敬意を払う者はいなくなるだろう。

手をこまねいているうちに、乱闘の参加者が増えていく。いくら周囲に人家が少ないといっても、このままでは警察沙汰にもなりかねない。オリンピック監督の椅子も錦田から遠のいてしまう。

周囲を見回すと、小道具のバケツが転がっていた。

これだ――

バケツをつかみ上げ、近くを流れている用水路の水を汲んで全員にぶっかけた。

「何をするんだっ」

一番に声を上げたのはチーフの倉居であった。

「役者の衣裳が台無しだ。これじゃもう撮影できないじゃないか」

「冗談も大概にしやがれ。てめえで役者の顔を殴っておいて、撮影もへったくれもあるもんか」

その一言で、全員が我に返ったようだった。

俳優達は一様に顔を腫《は》らし、唇から血を流していた。

「構わんっ。どうせ俺達は顔なんか映らねえ大部屋だ」

一人が叫んだ。弁当を渡されなかった側の男だ。

稀郎は無言でその大部屋俳優に歩み寄り、ぐいと襟をつかんで引き寄せた。

「あんた、何を――」

抵抗しようとした男の顔を、ハンカチで丁寧に拭いてやる。

今度は皆が無言で稀郎の行動を注視している。

「いいか、たとえ大部屋だろうが仕出しだろうが、そいつを撮《うつ》すか撮さねえか、決めるのはおめえじゃねえ。監督だ。おめえも役者なら、監督を信じて顔だけは大事にしな。白粉《おしろい》は塗り直せばいい。衣裳は乾かせばいい。だが顔に傷をつけるのだけは御法《ごはっ》度《と》だぜ。おめえさんが長谷川一夫でないくらいは、こう近くで眺めなくても分かるがな」

二、三人がくすりと笑った。

そこへ制作進行の車がガタガタと音を立てて戻ってきた。

「どうした、一体何事だ」

顔を出した監督の錦田が、異変を察して降りてくる。

チーフの倉居から事の経緯を聞いた錦田は、腕を組んで考え込んだ。稀郎も皆と一緒に錦田の裁定を待つ。とりあえず自分の面目は保たれたが、ここで錦田が下手を打ち、スタッフの心が離れたりしたら厄介だ。

乱闘はやんだものの、俳優とスタッフは完全に二派に分裂して睨み合っている。

トップスターから末端のスタッフに至るまで、映画界には在日朝鮮人が極めて多い。それは稀郎が所属するヤクザ社会と同じで、さまざまな差別を受けながらのし上がるには、芸能やスポーツなどの道に進むしかないからだ。ヤクザにも通名を名乗りながら稼業にいそしむ者は多かった。飛本組の金串のように。

緊迫する空気の中、錦田が発した。

「分かった。撮影は中止。今日はこれで上がりにする」

「いいんですか、今日はせっかくのピーカンですよ。スケジュールが押してますから、今日のうちにできるだけ撮っておいた方が――」

そう言いかけた制作助手をじろりと睨み、

「こんな状態でいいシャシンが撮れるか。君は僕の作品を失敗させたいのか」

「いえ、そんな」

それから錦田は全員に向かい、

「いいか、この責任は必ず糾《ただ》すから、皆はそれまで骨を休めてくれ。それから各パートの責任者は全員撮影所に戻り次第、会議室に集まれ」

それだけ言うと、錦田は踵《きびす》を返して制作進行のボロ車へと戻っていった。

錦田にしちゃあ上出来じゃねえか――

なんとかこの場は収まった。このまま撮影を強行しても、ぎくしゃくした雰囲気の中でまた喧嘩になったら今度こそ現場は崩壊する。錦田の判断は正解だ。

だが、問題はこの先だ――

不安でもあり、また興味深くもあった。騒ぎの核心は現場、いや、映画界全体に燻《くすぶ》る差別だ。全員が納得する解決などあり得ない。それを錦田がどう裁くというのだろう。稀郎には見当もつかなかった。

映画界は、最初から解決しようのない差別的構造を抱えている。そもそも社会から弾き出された者達が、そのぎりぎり周縁にしがみついて生きる世界であるからだ。梨園に代表される如く、そうした共同体の中にも差別はある。むしろ、世界が狭くなればなるほど差別は凝縮され、より激烈なものとなって本来は身内であるはずの者達へと向けられる。それはヤクザ社会のみならず、人間社会に共通する真実で、稀郎はその身を以て嫌というほど体験してきた。

ただヤクザ社会、芸能界は、一般社会に比べて移り変わりが早く、さまざまな出来事が短期間のうちに起こる。言ってみれば、カタギの人間が一般社会で味わう一生分の浮沈を短期間に濃縮して味わうようなものである。そこがヤクザ社会と映画界、芸能界に共通する面白さの理由ではないか。俗に言う「乞食《こじき》と役者は三日やったらやめられない」とはそのことを指しているのだろうと稀郎は思う。

どうかしている——俺ともあろう者がつまらねえことを——

大船《おおふな》撮影所に戻った稀郎は、頭を振って会議室へと向かった。

要は「人間至る処に差別あり」だ。別に今さら騒ぐほどのことでもねえだろう——

しかし今日の騒ぎだけは、なんとしてもカタをつけねば撮影の続行さえ危ぶまれる。

撮影所はすでに騒然とした空気に包まれていた。日頃から厳しい差別に晒《さら》されている在日のスタッフや俳優の怒りに火が点《つ》いたのだ。また彼らを嫌う者達の憎悪にも。通り一遍の始末では到底収まるものではない。

会議室には、撮影所の中堅幹部まで列席していた。錦田は各部の責任者に集まれと言ったが、それ以外の面々も多数詰めかけている。それほど事態が深刻であり、皆の関心を集めているということだ。

「みんな、オリンピックに浮かれて昔を忘れたんじゃあるめえな。闇市で三国人がどれだけ暴れ回ってやがったか。すきっ腹を抱えて家族のために俺達がどんな思いをしたか……あのときのことを思えば、弁当くらいどうしたって言うんだい」

いきなり開き直ったのは、大道具の親方だった。

決して少なくない者が頷いているのは、同じような体験を共有しているからだろう。

「僕はあの東宝争議を経験してる。スト破りの朝鮮人が僕の親友を角材で殴ったんだ。そのときの怪我で、彼は映画を断念せざるを得なかった。彼の無念がいかばかりであったか、考えてみて頂きたい」

現像部の男の発言だった。共産党員だった彼は会社を超えて東宝争議の応援に駆けつけたのだという。

全員が横目で稀郎を見る。当時安藤昇率いる不良達は東宝争議でスト破りに参加している。稀郎と安藤組は関わりなしということになっているが、それでもスタッフの目には同じヤクザとしか映っていない。

「黙って聞いておれば、君達は自分達の差別を正当化しようとでも言うのか」

普段は温厚で寡黙な人事課の平林《ひらばやし》が、珍しく顔を真っ赤にして反論した。

「朝鮮の人達の多くは無理やり徴用されて日本に連行されたんだ。その歴史を忘れてはいかんのじゃないか」

「おめえはアカか」

撮影部の小田《おだ》が怒鳴る。

「俺の弟はな、その朝鮮人にピストルで撃たれたんだ。そいつは強制連行なんかじゃねえ。単に金儲けがしたくて日本に来たって言ってやがった。直接この耳で聞いたんだ」

すべての言葉が全員の胸をえぐっている。これは戦前のアジア政策、敗戦後の無策が混然一体となって人の心に植え付けた闇なのだ。

「人事課はもう朝鮮人は採るな。それで全部解決だ」

どさくさまぎれにそんな暴言を吐いている奴もいる。

「問題はそれだけじゃないぞ」

当事者の一人である照明の星山が立ち上がった。

「弁当を渡されなかった中には、美術の日高《ひだか》君も含まれている。彼は在日でもなんでもない」

稀郎は隣に座っていた衣裳担当の男に小声で尋ねた。

「どういうことなんだい」

「噂ですがね、日高は××町の出だそうで」

××町はいわゆる被差別部落である。稀郎は問題の根の深さに嘆息した。

こうなるともう弁当の数どころか、単に民族や出自の問題でもない。積もり積もった幾多の怨念がねじれて絡み合い、もはや解決のしようもないほど複雑な様相を呈している。言ってみれば、矛盾と不正義とを抱え込んだまま、がむしゃらに進むしかない日本の姿そのものだ。

さして広くもない会議室が、西日と怒号で煮えた憎悪の熱を孕《はら》む。音ばかりうるさい扇風機は、いたずらに不快な悪意の渦を攪拌《かくはん》するばかりであった。

「おい、さっきから一体なんの話をしてるんだ」

それまで黙っていた錦田が突然口を開いた。その内容に、全員が絶句する——監督でありながら、こいつは今までの話を聞いていなかったのか。「この責任は必ず糾す」と大見得を切ったのはほんの数時間前なのだ。

まずい――

稀郎は咄嗟に彼の発言を封じようとしたが遅かった。錦田がおもむろに立ち上がる。自分とは席が離れていたことも手抜かりだった。

「ここは映画を作る撮影所だと思ってたんだが、僕の知らん間に小学校にでも身売りしたのか」

えっ――?

予想外の切り出し方に、全員が思わず耳を澄ます。

「人間に違いがあるのは当たり前だろうが。つまり、映画を作る馬鹿とそれ以外のお利口さんだ。ここにいるのは映画に惚れ込んだ大馬鹿だけなんじゃなかったのか。馬鹿なら馬鹿なりに映画を作ることだけ考えてりゃいい。馬鹿が救われる道はそれしかないんだ。隣で小道具を作ってる奴、キャメラの前で芝居してる奴がどこの生まれかなんていちいち考えてる暇はない。そんな暇があるというんなら、そりゃあ映画のことを真剣に考えてない証拠だ。違うか、おい」

圧倒的な正論だった。ただし、撮影所内においてのみ通用する類いの。

「違うかって訊いてんだよ。違うって奴はこの場からすぐに出ていけ。ここは活動屋の城だ。城兵以外は立入禁止だ」

錦田が一同を見回す。ヒキガエルのような御面相だけにこういうときは迫力がある。

管理職の面々をはじめ、全員が押し黙ったまま身じろぎもしない。

「僕達はみんな城に身を寄せた侍だ。中には昔の敵だっているだろうさ。遺恨なんてお互い様だ。けどな、ここを根城に戦おうと決めた以上は、いくさに勝つことだけを考えろ。その足を引っ張ろうとする奴こそが敵だ。映画国の統率を乱さんとする間者《かんじゃ》だ」

最初に会ったときとは別人のような語りであった。言っていることも微妙に違う。錦田はひたすらに自己の栄達を求めるエゴイストであったはずだ。だがそれは、映画への愛情とは矛盾しない。そもそも映画監督とは、ほぼ例外なくエゴイストでナルシストだ。そのことはスタッフの誰もが大前提として承知している。

それでも今錦田が振るっている熱弁は、悪擦れしている分だけ純朴な活動屋達の心を真正面から射抜いていた。中には涙を流している者さえいる。

おそらく錦田本人は、日頃から考えていることをそのまま喋っているにすぎない。それゆえ本心の切実さがかえって伝わり、聴く者の心を動かしているのだ。

「よし、出ていく者は誰もいないな。では、昼間の件について僕の考えを述べておく。まずサードの生野だ」

何人かが室内を見回す。生野の姿はなかった。吊し上げを食うのが怖くて出席できなかったのだろう。

「こいつはクビだ。弁当を配るときにいちいち相手の生まれを考えてるようじゃ、手が遅くなるばかりだ。とても現場じゃ使えない。そうだろう、倉居君」

「はい」

チーフの倉居がうなだれる。先輩としては後輩を守ってやりたいところだろうが、今ここで反論しては自分が城から叩き出される。また実際に、誰よりも機敏に動き回ることを要求されるのがサード助監督なのだ。このサードが使えなければ、現場の進行は遅延する一方である。

「次に、キャメラ助手の梅田」

呼ばれた梅田がびくりと顔を上げる。

「君は『三国人は意地汚い』とか、何かそういうことを言ったそうだな」

「いいえ、私は――」

「どっちなんだ、言ったのか言わなかったのか」

「……言いました」

「では訊くが、僕だって撮影でへとへとになって、さあメシだってときに自分だけ弁当をもらえなかったら頭にも来る。君は僕にも意地汚いと言うのか」

「いいえ、監督には最初に弁当を渡す決まりが」

「そんな話をしてるんじゃないっ」

錦田が激昂した。

「弁当が足りないのなら、分け合って食うのが仲間じゃないのか。活動屋ってもんじゃないのか。飲まず食わずの役者にいい芝居ができるものか。キャメラだってそうだろう。君は空きっ腹で重い機材が担げるのか」

梅田はもう一言もない。

「味方を助けることもできん奴はいらん。悪いが君も外れてくれ」

「待ってくれ欣ちゃん」

割って入ったのはキャメラマンの久原《くはら》だった。錦田とは長年コンビを組んできた間柄である。

「梅田は俺が手塩にかけた弟子だ。今度の作品にはどうしてもこいつの手が要る。今度だけは勘弁してやってくれないか」

「いくらあんたの頼みでも、ここは退《ひ》くわけにはいかない。これだけのスタッフと役者が見てるんだ。一人だけ特例を作れば現場が潰れる」

「そうかい。なら俺も辞めるが、それでもいいってのかい」

「おいおい錦田君、いくらなんでもそりゃあ君の独断が過ぎるってもんじゃないのかい」

さすがに制作課長が仲裁に入る。今ここでキャメラマンが交替となれば、全体の進行に支障が出るのは必至だからだ。

「僕が辞めてくれと頼んでるわけじゃありません。久原さんの方が辞めると僕を脅してるんです。監督として僕は脅しに屈するわけにはいかない。たとえ相手が長年の友人であってもです」

歓呼の叫びに会議室全体がどよめいた。こうなると撮影所の首脳陣も認めざるを得ない。

久原はいまいましげに梅田を連れて退室した。彼ほどの腕があれば、どの組でも、また他社でも引く手あまたであろうが、この判断により、錦田はもっと大きなものを手に入れたのだ。

稀郎は俗物の小物と侮っていた錦田に対する認識を改めざるを得なかった。彼にこんな男気があろうとは、正直に言って思ってもいなかった。

ヤクザとして、また戦災孤児として、稀郎も人並み以上に世間の差別を意識してきた。

国の違い。育ちの違い。あらゆる差異を見つけては、人は人を差別する。言い換えるなら、差別をしなければ生きていけぬのが人である。その真理は変わらない。

だがそれを、錦田欣明が一喝し、きっぱりと否定してのけたのだ。まさに痛快と言うよりない。

映画界の面白さは濃縮された人間世界の面白さだ。そのことを今さらながらに痛感した。

この話はたちまち撮影所中で喧伝された。さらにはほどなくして映画界全体に広がり、錦田の株は大いに上がった。

まったく予想もしていなかったことから、稀郎の狙いは一気に前進する結果となったのである。

スタッフの錦田を見る目がそれと分かるほどにはっきりと変わった。これは大きい。映画界を下支えしているのは、つまるところ個々のスタッフであって、それがひいては人望となり、作品の力になっていくのだ。巨匠と呼ばれる監督は一人の例外もなくこの人心掌握術を身につけている。錦田欣明に唯一欠けていたものが、こうして手に入った。

稀郎にとって小躍りしたくなるような展開であった。

また同時に、稀郎は錦田の〈計算〉を読んでもいた。

錦田のプランでは、オリンピックの撮影監督には宮川一夫を起用する予定になっている。いざそうなった場合、邪魔になるのは長年連れ添った小うるさい古女房の久原だ。

ここで久原を排除しておく。一石二鳥ということを、錦田が考えなかったはずはあるまい――

8

弁当差別の一件から数日後、人見エージェンシーに珍しい客があった。

「近くまで来たんで寄ってみたんですよ。いいカンジじゃないですか。俺も早くこんな事務所を構えてみたいもんだなあ」

そう言って若松孝二は、大きな口を開けて愛嬌《あいきょう》に満ちた笑顔を向けてきた。

「どうだい、監督業の方は」

茶を勧めながら近況を尋ねると、彼は片手を左右に振り、

「いやもう、想像以上に酷い現場で。なにしろ金がないから、ない知恵を絞ってなんとかしてるありさまで」

金がないのは近頃の映画界ではどの現場でも共通している。なかんずく、若松が関わっているような独立系は毎日が予算不足との闘いである。しかし「ない知恵を絞

る」ありさまを、若松は身振り手振りを交えつつ面白おかしく話してくれた。稀郎は久々に声を上げて笑った。若松の様子からすると、苦しいながらも彼は監督という仕事に心底打ち込んでいるようだった。

「ところで、錦田の方はどうですか」

「ああ、それなんだがな」

稀郎は弁当を巡る顚末《てんまつ》について話して聞かせた。

「へええ、錦田にそんな器量があったとはね」

若松も意外そうに驚いている。

「オリンピックの監督をやるんだって思い込みが人間をでかくしたのかもしれねえなあ」

差別の問題はどこに行ってもついて回る。この先もずっと。決してなくなることはない。稀郎は若松に尋ねてみた。

「おめえんとこの現場はどうなんだい。みんなうまくやれてるのかい」

「ええ、揉めてる余裕なんぞありゃしませんからね。猫の手も借りたいってのに、どこの生まれであろうと人間の手に文句をつけてたらバチが当たりますよ」

明朗で、明快な答えが返ってきた。

「そうだ、今『風来町《ふうらいちょう》のレイコ』って映画がかかってます。人見さんも一度観てみるといいですよ」

「俺と何か関わりがあるのかい、その映画に」

「あるかどうか、そいつは御覧になってから考えてみて下さい」

含みを持たせるようなことを言い、若松は立ち上がった。

「いけねえ、俺はもう行かないと。どうもお邪魔しました」

「おう、またいつでも寄ってくれ」

若松を送り出してから、気になって新聞の興行欄を調べてみた。『風来町のレイコ』は新宿や池袋《いけぶくろ》で上映中だった。今からなら新宿の上映時間に間に合いそうだ。そこで稀郎は新宿の劇場へ出かけることにした。

上映開始の直前に入って最後列の椅子に腰を下ろす。ニュース映画と予告編が何本かあってから、本編が始まった。監督は職人として知られる中堅だった。世代としては錦田よりやや下くらいか。

タイトルには風来町とあるが、具体的な町の名前は作中に一切出てこない。東京近郊の県だと察せられるくらいである。

極貧の家庭に生まれ育ったヒロインが、理不尽な運命に翻弄され、ついにはヤクザ顔負けのズベ公となる。しかし町はヤクザと結託した悪徳市長に支配されていた。屑《くず》拾いの少年を救ったことからヒロインは町の乞食集団、さらにはヤクザに搾取される出稼ぎの衆と共闘し、市長の圧政に立ち向かう——

さほど新鮮さの感じられないストーリーだが、なぜか惹きつけられるものがあった。一つには、乞食達の生態やエピソードがやけにリアルに描かれている点。もう一つは、他ならぬ稀郎自身が、出稼ぎの者達を搾取するヤクザの側にいることだ。よほど丹念に取材したのか、描かれるエピソードに誇張や嘘はほとんどない。ドキュメンタリーと言ってもいいくらいだ。言うことを聞かない人夫への凄惨《せいさん》なリンチや、権力と組んで下請けの上前を極限まではねる搾取の手口。いずれも稀郎達が日々実際に行なっていることばかりである。

若松がこの作品を勧めたのは、もしかして自分への批判、当てつけだったのか。若松は宮城の生まれだと言っていた。過酷な条件下で日夜オリンピックのための工事に従事している人夫の中には、東北から出稼ぎに来た農民も少なくない。若松の知人、いや親兄弟や親戚筋の者達も、きっと出稼ぎに来ているはずだ。

実際に、この映画では至る所で工事をしている。いや、この作品に限らない。最近の映画はどれもやたらと埃臭い。どこでロケをしても、背景に必ずと言っていいほど工事の風景が映り込むからだ。

オリンピックのために街が変わっていく。かつて在ったはずの街の姿は、映画の中にだけ残り続ける。

そっちの方が、本番の記録映画より、よっぽどオリンピックの記録だぜ——

そんなことを考えているうち、映画は終盤を迎えた。ラストシーン、丘の上に立ったヒロインが、眼下に広がる風景を指差して、「あそこがあたいの生まれた街なんだ」と告げる。

ほんの一瞬だけ映る街の俯瞰《ふかん》。そこで稀郎は初めて悟った。

ヒロインが指差した一角は、実在の被差別部落が含まれる地域だったのだ。

彼女が受けてきた理不尽な仕打ちは、その出自によるものとすればすんなりと理解できる。

そういう意味だったのか——

内部に深刻な差別の構造を孕みながら、映画のスタッフは、決してそうとは指弾されぬ形で現実の差別を作品内に盛り込んでいたのだ。そこには開き直ったようなエネルギーと、何かを突き破ろうと企《たくら》むしたたかさがある。敗戦直後の闇市にあった混沌《こんとん》と猥雑さは、形を変えてこんなところにしぶとく息づいている。

決して払拭できぬ偏見から憎み合い、傷つけ合いながらも、現場の映画人は差別を超えて作品を作っている。若松はそのことを自分に教えようとしてくれたのだ。

ありがとうよ、若松——

どこか救われたような気持ちになって、稀郎は劇場を後にした。

錦田欣明監督作品『輝ける明日の恋人』は、未だ勢いを失っていなかった。それどころか、評判は日増しに高まる一方で、上映期間がさらに延長されるという異例の展開となってきた。稀郎にとってみれば、これ以上の追い風はない。

「こいつはまさに神風ってやつだなあ」

駒沢《こまざわ》通りをぶらぶらと歩きながら、花形が感に耐えぬように言った。

「ひょっとしたら、ひょっとするんじゃねえのかい」

「冗談じゃありません、こっちは最初《ハナ》からひょっとさせるつもりでやってんですから」

そう返すと、花形は愉快そうに大声で笑った。

花形に付き添ってもらい、あるオリンピック関係者の自宅を〈表敬訪問〉した帰りであった。

稀郎は手土産持参で慇懃に挨拶しているにすぎないのだが、背後に花形敬が立っているだけで、相手はそれまでの意見を翻し、最大限の協力を〈自発的〉に申し出てくれた。上々の首尾である。それで一杯飲んでいこうということになったのだ。花形は「敬が表われるから表敬訪問て言うんだぜ」とうそぶいた。

都電の恵比寿《えびす》駅前停留場を過ぎ、山手《やまて》線のガード下を潜ると、住宅公団アパートがそびえている。ちょうどその手前あたりで、三人の制服警官が大声で誰かを威嚇《いかく》していた。

「さっさと行けっ」「ここからじゃないよ、東京から出てけって言ってんだよ、分かってんの、あんた」「オリンピックはもう来年なんだよ。恥ずかしいとは思わないの、え？」

三人に脅されているのは、つぎあてだらけの軍服を着て松葉杖をついた傷痍《しょうい》軍人であった。

東京中から乞食や浮浪者、それに傷痍軍人までもが追い出されつつある。「オリンピックを見に来る外国人に日本の恥は見せられない」という大義名分によって。各家庭に殺鼠《さっそ》剤が配られたのと同じ理屈だ。オリンピックを推進している者達からすると、浮浪者などネズミと同じ存在であるらしい。またそれを是とする空気が日本中に満ちている。

「早く行けって、ほらっ」

一際大きな声を上げた警官が、足で松葉杖を蹴った。

「あっ」

小さな悲鳴を上げて傷痍軍人が倒れ込んだ。その様子に、三人が嘲笑を浴びせる。

「ひょっとして、本当に足が悪いんじゃないのか」「待て待て、どうせ芝居だろう」

「やっぱり騙《かた》りか」「どうでもいいが、オリンピックが終わるまで戻ってくるなよ」

「ずっと戻ってこない方がありがたいがな」

年かさらしい警官の言った最後の一言に、全員がさらに声を高めて笑う。

傷痍軍人はぎこちない動作で立ち上がった。右足が動かないようである。

「ほら見ろ、立てるじゃないか。さあ、行った行った」

一番若い警官が後ろから傷痍軍人の背中を小突く。彼は再びよろめいて倒れそうになった。

稀郎はすぐ横の巨体から陽炎《かげろう》のように立ち上る憤怒の波動を感じた。

まずい——

「おい」

止める間もなく、花形が歩み出た。

「なんだ、貴様は」

花形の形相にたじろぎながらも、若い警官が居丈高に応じる。他の二人は顔色を変えていた。白いスーツに眼鏡。加えて頰の傷痕だ。東京の警官なら誰であっても一目で花形敬だと分かる。そして花形を知る者は、決して彼に関わったりはしない。若い警官は昨日今日上京してきたような新入りなのだろう。

「その人は戦争に行って日本のために戦ってきた人だろう。そんな人に対して、小僧が一体何を言ってやがんだ」

「はあ？　わけの分からんことを言ってると貴様もしょっ引くぞ」

「おう、やれるもんならやってみろよ」

薄笑いを浮かべ、花形がさらに前へ出る。

「おい、やめろ、やめろったら」

先輩らしき二人の警官は後ろからしきりと若い警官の袖《そで》を引っ張っているが、彼はその手を振り払い、

「何を言ってんですか。こんな奴に好き勝手させていいんですか。公妨（公務執行妨害）で引っ張りましょうよ」

「バカ、おまえ――」

先輩二人は後輩の口をふさごうとしたが、もう間に合わない。

野球のグローブのように大きな花形の手が、若い警官の胸倉をつかみ、軽々と頭上高く吊し上げていた。

「勘弁してくれ、花形さん。こいつは千葉の田舎《いなか》から異動してきたばかりなんだ」

「浮浪者への退去勧告は都の方針なんだよ。だから我々もやむなく――」

泡を食った二人の弁解は、かえって花形を逆上させた。

「退去勧告だと？　都の方針だと？」

若い警官を二人の足許に放り出し、花形が吠えた。

「退去勧告と言い換えりゃ、日本のために命を懸けた人を東京から叩き出してもいいって言うんだな」

「敬さん、その辺にしといてやった方がいいでしょう」稀郎は必死で花形をなだめにかかった。「それ以上やったら、こいつらも後には退けなくなる」

「連れの兄さんの言う通りだ。ここはお互い様ってことで、な、頼むよ、一つ」

足許に転がる後輩には目もくれず、二人の警官はどこまでも下手に出る。花形が一旦暴れ出したら署が空になるほどの応援を要請せざるを得ず、そうなったら自分達も責任を追及されるからだ。弱い者には強圧的になり、強い者には卑屈になる。それがいつの時代も変わらぬ警察の体質だ。

チッ、と舌打ちして花形が両手をズボンのポケットに入れる。

「新入りの躾《しつけ》くらいちゃんとやっとけ。それに、軍人さんへの敬意を忘れんじゃねえぞ」

「ああ、そうするよ」

当の傷痍軍人は、面倒事への関わりを怖れたのか、懸命に足を引きずって逃げていく。

花形がいつものしかめっ面で踵を返した。

「行くぞ、稀郎」

「行くって、どこへ」

獰猛《どうもう》なヤクザが、ごく微かな羞恥を滲ませつつ答えた。

「六本木さ」


明治屋の裏手に当たる路地へ入った突き当たり。花形がその部屋へと足を運ぶ理由はただ一つだ。

「あの人達はな、戦争に行って、手足をなくすほど戦って……なのによう、日本に帰ってみれば邪魔者扱い……それどころか、寄ってたかっていじめやがって……」

己の体にドスで傷を付けながら、花形は怨嗟《えんさ》の声を上げ続ける。それを間近で聞かされるのはたまったものではない。

「畜生め、畜生め、畜生め……日本人のために戦った者がよ、どうしてそんな目に遭わなくちゃなんねえんだい……故郷の村に銅像をブッ建てろとまでは言わねえが、本来なら、もっともっと褒め讃《たた》えられるべきじゃねえのかい……それがどうだ、橋の上やガード下で、物乞いの真似事をするしかねえ……おかしいとは思わねえのかい」

どう聞いても正論である。しかし、正論ほど通らないのが世の中だ。そんなことが分からない花形ではないはずだった。それだけに、行き場をなくした怒りが己の肉体に向けられるのか。

「何が警察だ、何が都の方針だ……二言目にはオリンピック、オリンピックと偉そうに……戦争中に『本土決戦』とか『一億玉砕』とか喚《わめ》いてやがったのはどこのどいつだ……闇市で一杯のスイトンを奪い合ってたのはどこのどいつだ……」

あまりに正当な抗議が、花形の肉体を刻んでいく。

「なあ稀郎、オリンピックってのはそんなに御大層なもんなのかい。オリンピックとお題目みてえに唱えるだけで、なんでもかんでも許されるもんなのかい。え、どうだい、稀郎」

「許されるもんじゃねえよ、敬さん。でもよ、俺達はヤクザだ。多かれ少なかれ、上の連中はオリンピックのおかげでみんないい思いをしてやがる。俺達はたまたまそこから外れて勝手にやってるってだけだ。ヤクザであることに違いはありませんよ」

獣の如くに低く吠え、花形は鋼よりも強靭《きょうじん》な肉体に一際深い傷を刻んだ。

よけいなことを言っちまった——稀郎は密かに後悔する。

同意を示せば、本音を漏らせば、それはそのまま、花形の新たな傷となる。煮えたぎる血の噴き出る新たな傷に。

「なにがオリンピックだ……見せかけだけをいくらきれいに飾り立てようが、そんなものは、太平洋戦争の満艦飾とおんなじだ、結局はハリボテの見かけ倒しだ、中身なんぞありゃしねえ……畜生、どいつもこいつも……」

何度かこの〈儀式〉に付き合って、稀郎はようやく理解した。

変わりゆく日本、あるいは変わらぬ日本に接したとき、花形は己を切り刻む。その痛みが、そのまま日本の痛みであるかのように。

あるいはこうも言えるかもしれない——心ならずも戦後という世界に追いやられた戦中派が、また別の姿への変化を強いられる。花形の苦しみは、変わりゆく日本の苦しみそのものではないかと。

日本が前へ進むために捨てねばならない、言わば穢《けが》れのようなものを、一介のヤクザがその身に引き受けている。そう考えると花形の奇癖も、なにやら崇高な神事のように思えてくる。

その直感が当たっているかどうか、稀郎には知るすべもない。

だがああやって、自らの血を流してみなければ、巨体のヤクザが現在の日本の姿を実感することができないのは確かだろう。花形の感性が、時代という形のない曖昧な、それでいて物理的な力を有する概念に、鋭敏且つ繊細に反応しているのだ。

戦争によって心のどこかを壊されてしまった人間。それは一人、花形だけのはずはあるまい。普段は人の目から隠されているが、日本中に花形のような痛みを抱える人間は決して少なくないはずだ。そしてその噴出の形は、人によってさまざまであるに違いない。

花形の場合は、たまたま自傷行為という形となって出ているだけだ。それが花形の喧嘩師伝説に一役買っているところが皮肉と言えば皮肉であったが。

かく言う己もまた「壊された」人間であることを、稀郎は痛切に自覚する。花形の自傷癖を知って、初めて悟り得た境地だ。

いいじゃねえか、それでよう――

心の中でうそぶいた。一日の大半を費して我が身を劇場の闇に潜め、白い幕に投影される映画という名の虚構に耽溺する。映画マニアなど、所詮《しょせん》は皆どこかが壊れた人間なのだ。

壊れた人間どもが作る歪な虚構を、壊れたファンが押し戴《いただ》く。それが神官を通して神から贈られた御託宣であるからだ。

問題は――そこが最大の皮肉なのだが――現実の方がもっと歪であることだ。

近所に漏れ聞こえぬよう苦痛の呻きを押し殺し、花形は玉の汗が浮いた己の体に刃を当てる。

正視に耐えぬはずのその光景は、聖人の苦行にも等しかった。ただしオリンピックを前にした、この歪な日本においてのみ、尊いと呼べる行為である。

「頼む」

それだけ言って、花形はいつものように血に濡れた毛布を投げてよこした。

その毛布を流し台で洗いながら、稀郎はまた、不吉な予感に震えてもいた。

錦田欣明をオリンピックの監督に据えようという自分の計画は、今のところ順調だ。しかし安藤組を巡る状況は、内部と外部の区別を問わず、日に日に厳しくなる一方であった。

安藤昇の方針により安藤組は麻薬厳禁であったのだが、組の弱体化につれ、とうとう麻薬を扱い始める者まで出始めたのだ。幹部達はそれぞれの思惑で勝手に動き、他の組は虎視《こし》眈々《たんたん》と渋谷を狙っている。本来なら組長代行の花形は、組の立て直しと引き締めに専念しなければならぬ局面である。少なくとも、身内でもない稀郎の企みに荷担している余裕などないはずだ。振り返ってみれば、稀郎への協力を黙認した幹部達の対応は、今のこの状況を狙ってのものかもしれなかった。

生粋《きっすい》の喧嘩師である花形には、現実的な経営の感覚が欠落している。本人もそれは自覚していて、単なる酔狂で稀郎に協力しつつも、同時に組の再建策を日夜思案している。

付き合いが短いにもかかわらず、いや、だからこそ、稀郎には花形の変化がかえって如実に感得できた。羅刹《らせつ》のようであったその迫力が、日を追うごとに減退しているのだ。

ほんの少し前の花形ならば、傷痍軍人を迫害していた警官達を見逃したりはしなかっただろう。それなのに渋々ながらも自らを抑えた。こうして考えてみると、信じられないほどの変化であった。

一方でそれと反比例するかのように、自らを傷つける頻度と激しさが増している。はっきりと分かった。組織の在り方、時代の潮流、日本の変容——花形の無意識はあらゆるものに抵抗している。その激しさに、魂が狂おしい悲鳴を上げ、肉体へと向かう。花形の精神と肉体がいつまで保つのかは分からない。

今夜はやけに蒸し暑い——

両手が濡れているため、肘《ひじ》までまくり上げたシャツの袖で額の汗を拭う。

だが稀郎は、毛布を洗う己の手が、真冬のように冷たく凍えているのに気がついた。

9

八月に入った頃、稀郎は人見エージェンシーの事務所を表参道《おもてさんどう》と明治通りの交差点の北東に建つ原宿《はらじゅく》セントラルアパート六階に移した。五年前に建設された米軍関係者用の七階建て高級アパートで、現在はタレント、文化人、マスコミ関係者が多数入居している。電話、セントラル空調、給湯設備等も完備されていて、ここに事務所を構えることは、人見エージェンシーの社会的信用度にも大いにつながる。

最初に雇った電話番の娘と使い走りの小僧を含め、社員も四人に増えている。彼らは一様に、別世界のようなアパートの内装に目を見張った。

「素敵、外国の映画みたい」

跳び上がって叫んだのは、電話番の泰子《やすこ》だ。

暑い盛りの引っ越しだったが、花形の舎弟で、空手道場を主宰する西原健吾《にしはらけんご》が門弟を五人ばかり率いて手伝いに来てくれた。

「すまないね、健さん。こんな暑い日にさ」

「いえ、これも修業のうちですから。なあ、みんな」

シャツ一枚の西原が振り返ると、応接セットを担いだ屈強な若者達が一斉に「押忍《オス》」と応じた。

厳密には西原は花形の舎弟ではない。花形が子分も舎弟も持たぬ主義だからだ。しかし西原のことは大いに認めており、事実上の弟分として遇している。だから花形は西原のことを「健ちゃん」「健坊」と呼び、西原も花形を「兄貴」ではなく「敬さん」と呼んでいた。

國學院《こくがくいん》大學を卒業して道場を開いているくらいだから、人望も実力も充分だ。実質的に花形を支え、安藤組に貢献している。人柄が素直なので、花形から紹介されただけで余所者《よそもの》の稀郎にも丁寧に接してくれる。稀郎の方でも好感を抱かずにはいられなかった。

西原と門弟達のおかげで引っ越しの作業は思ったよりも早く済んだ。近所の店からビールと寿司を配達させ、その日は新しい事務所で内輪だけの転居祝いをしようということになった。

夜には花形も顔を見せ、「いいアパートじゃねえか」と珍しく感嘆したように言った。

乾杯の音頭は格から言って当然花形だ。

「ようしみんな、今日からここを拠点にがんばろうぜ。乾杯！」

乾杯、と皆が唱和する。

「しかしいいアパートだなあ。アメ公の住宅だっただけはあるぜ。俺も今夜からここで暮らそうかな」

花形の冗談に、西原が応じる。

「そんなことしたら、人見さんが奥さんに恨まれますよ」

声を上げて全員が笑った。

「そうだ、伊丹十三《いたみじゅうぞう》だ」西原の門下生の一人が声を上げた。「昼間アパートの出口ですれ違って、どっかで見た野郎だなって思ってたんですが、ありゃあ伊丹十三ですよ。ここに住んでんですかね？」

「さあ、なにしろ越してきたばかりだからそこまでは知らねえなあ。けど、そんな連中はよく出入りしてるぜ。俺も内見に来たとき、渥美清《あつみきよし》を見かけたな」

稀郎が言うと、泰子が興奮したように、

「じゃあ、あたしもこれからはそういう人達の御近所さんてことになるのね」

「今頃何を言ってんだ、おめえはもっと偉い人の電話を散々取り次いできたんじゃねえか」

「だって、偉い人かどうかなんて、あたしには分かりませんし」

別の門弟が泰子を冷やかす。

「偉いジイさんより、テレビに出てるイカしたタレントの方がいいに決まってるじゃないですか、ねえ泰子さん」

「はいはい、どうせあたしはミーハーですよーだ」

室内はまたも笑いに包まれた。

ビールも寿司も実に美味い。最高の夜だった。花形は終始上機嫌で、これまでの暗鬱な気配が一挙に払拭されたようにも思われた。

「最近の寿司にしちゃあ、ここのはまああいけるじゃねえか」

花形の漏らした感想に西原が応じる。

「最近のって、前は違ってたんですか」

「当たり前だ」

そう言って花形は鉄火巻きをつまんだ。その巨大な手の中では、寿司はまるで米粒のようにさえ見えた。

「まず第一に海苔《のり》が違う。江戸前の海苔はこんなのじゃなかったはずだ。海苔だけじゃねえ、魚が違う。カンパチだって、アサリだってよ」

花形は裕福な家の生まれだ。昔から寿司を食べ慣れていたのだろう。ものごころついたときには戦時中で、寿司など口に入れる機会のなかった稀郎には、かつての寿司がどんな味だったか分かるはずもない。

だが花形には、消えていく江戸前の味の記憶がある――

「そりゃしょうがないでしょう。東京の海はずっと沖まで埋め立てられてる。品川なんて発電所が建ってるくらいだ。江戸前の魚なんて、もうどこにもいないんじゃないですか」

陽気に答えた西原に、花形も特にこだわるふうでもなく、大きな口にビールを流し込んだ。

東京は何かを失って、代わりに別の何かを得る。最初から何も持たない自分にはどちらでもいいことだった。

稀郎は胸を撫《な》で下ろす。

この分なら何もかもきっとうまくいく、よけいな心配はするだけ損だと。

新事務所に移転してから二日目。午《ひる》に出前の蕎麦《そば》をすすっていると、壁際の電話が鳴った。泰子が期待に目を輝かせて駆け寄ってきたが、近くにいた稀郎の方が早かった。

「はい、人見エージェンシーです」

むくれたような素振りを見せて泰子が去るのを横目に見る。

電話交換手が出て言った。

〈お電話が入っております〉

原宿セントラルアパートの電話は、すべて建物内にある電話交換室を通す内線電話になっている。

「どちら様からだい」

〈それが、お名前をおっしゃらず……どうしましょう?〉

「つないでくれ」

〈はい〉

稀郎は箸を置いて相手が出るのを待った。いい予感は欠片もしない。

〈きの字かい〉

それだけで分かった。蛇のようにぬめる声。飛本組の金串だった。

〈おめえに会いたいって御方がいるんだよ〉

「へえ、俺にいい話でも持ってきてくれるってのかい」

〈そういうこった〉

「金串さん、あんた、いつからそんな親切になったんだい」

〈会っといた方がいいと思うぜ。でないと後悔することになる〉

もうちっと気の利いた切り返しはできねえのか——

金串らしい言いようを心の中で軽侮して、念のために訊いてみる。

「そりゃあどこのどなたさんで」

〈濤星会《とうせいかい》の星野《ほしの》会長だよ〉

翌日、稀郎は指定された帝国ホテルの一室に入った。

先方——星野友行《ともゆき》会長と、飛本組の飛本玄《げん》組長が、豪勢な椅子に座したまま射すくめるような視線を向けてくる。

ことに星野会長は、児玉誉士夫の仲立ちで今年一月に海図組三代目と兄弟分の盃を交わしたばかりでもあり、さすがの貫目《かんめ》であった。

金串をはじめとする飛本組と濤星会の若い衆は、壁際に直立不動で立っている。

「どうぞ」

名も知らぬ若い衆に促され、稀郎は親分二人の向かいに座る。

「おめえさんが人見かい」

最初に口を開いたのは星野会長であった。

「はい。お初にお目にかかります。御挨拶が遅れまして申しわけありやせん」

「聞いてるぜ。おめえ、いろいろ派手にやってるんだってな。本来ならおめえの親の広岡を通すのが筋なんだが、広岡の野郎、何をびってやがんだか、『映画のことなら全部人見に任せてある』って言うばかりだ。それでおめえに来てもらったってわけよ」

稀郎は恥ずかしさにいたたまれぬ思いであった。

オヤジの奴——何が「ケツは俺が拭いてやる」だ——

「児玉誉士夫先生は知ってるな」

「ええ、お名前は」

「その児玉先生から、おい星野君、近頃人見とかいう活きのいいのが跳ね回ってるそうじゃないか、飛本君も困っとったぞと言われちゃあ、放っとくわけにもいくめえよ」

星野会長は東京生まれだが、韓国籍を持つ在日韓国人である。戦後ＧＨＱ絡みの闇ドルで大儲けし、濤星会の前身となる星野一家を結成した。児玉誉士夫とは、おそらくその辺からのつながりであろう。星野一家は安藤組と同じ愚連隊だったが、その後政治色を強め、反北朝鮮、反在日朝鮮人連盟を標榜して濤星会の設立へと至った。

「おめえも聞いてるだろうが、俺は児玉先生の世話で海図の親分と盃をしたばっかりだ。飛本さんも海図組とは近しい関係にあるんで話を聞いてみたんだよ。するとどうだい、おめえ、大それたことを考えてるらしいじゃねえか」

「買い被らないで下さいよ。俺はそんな大した――」

「とぼけるな」

低い、押し殺したような声で、星野が一喝した。室内の空気が一瞬で凍りつく。

「おめえがやってることはなんだ。オリンピックをなんだと思ってやがる。日本の、ひいてはアジアの発展に泥を塗るつもりか。え、何か言うことでもあるのかい」

「ありません」

「そうだろう。興行はな、飛本さんのシノギなんだ。映画で何かしようってんなら、飛本さんの顔を立てるのが筋ってもんじゃねえのかい」

星野のトーンが急に変わった。

そういうことか――読めてきたぜ――

「こいつは迂闊でした。飛本の親分、申しわけありませんでした」

飛本に向かって頭を下げたが、星野が畳みかけてくる。

「それだけかい」

「とんでもない。飛本さんの方にも義理が立つよう、責任を持って仕切らせて頂きます」

最大限の譲歩であった。飛本にも上納金を入れる。吝嗇《りんしょく》な広岡が激怒するだろうが、この場を切り抜けるにはそれ以外に道はない。

「なんだてめえ、この期に及んでまだそんなふざけたことを言ってやがんのか」

星野の追及はやまなかった。

「え、そりゃあ、どういうこって」

「仕切るのは結局てめえじゃねえか。舐めてんじゃねえぞ。興行は飛本のシノギだって言っただろう。今後の仕切りは飛本さんが責任を持ってやって下さる。てめえは分てものをわきまえてすっ込んでろってこった。下請けの仕事はちゃんと回してやるから心配するな」

壁際で金串が嗤《わら》っている。

星野と飛本は、自分がこれまで積み上げてきた成果を残らずかっさらおうという魂胆なのだ。

「分かりました」

「それでいい」

星野は満足げに頷いた。

「しかし、会長」

「なんだ」

「こっちはもう東興業の花形さんと提携してます。他にも提携先はあちこちにございましてね、もう俺の一存では決められません。ここは一旦持ち帰らせて下さい。東京中の親分衆と相談してみますんで」

精一杯の気迫を込める。星野と飛本の顔色が変わった。

関東の星野が、神戸に拠点を置く海図組三代目との縁組を急いだのは、急激に勢力を拡大した濤星会を危険視する在京組織の反発を抑えるためである。それらの組織をすべて敵に回すのは、星野にとっても避けたいはずだと踏んだ。

凍りついていた室内の空気が、さらに冷気と硬度を増した。

しばしの沈黙ののち、飛本が口を開いた。

「いい度胸してるじゃないか」

初めて聞く飛本の声であった。

子分の金串と同じく、脅し文句に捻りがねえ——

「おい金串」

「へい」

親分に呼ばれて金串が一歩前に出る。

「用は済んだ。こいつをロビーまでお見送りしな」

「へい」

金串が肩をつかもうとする。その手を振り払って立ち上がった稀郎は、星野と飛本に一礼して退室した。組員達の憎悪と殺気に満ちた視線を全身で受け止める。金串が付いてきたが、気にしない。足を止めたら負けだと思った。そのまま進み、階段を下りる。

ホテルのロビーに着いたとき、金串が後ろから耳許で囁いた。

「ウチのオヤジや星野会長にあれだけの口をきいたんだ。タダで済むとは思っちゃいめえ。せいぜい覚悟しとくんだな」

「金串さん、あんたさ、言うことがいちいち紋切り型なんだよ」

前方の正面口を見つめたまま足を止め、振り返らずに言う。

「なんだって?」

「映画をシノギにしてるんなら、少しはシナリオの勉強でもするんだな。今どきそんなセリフ、三流の脚本家《ホンヤ》でも書きゃしねえぜ」

背中に強烈な殺気が吹きつけるのを感じる。しかしいくら金串でも、帝国ホテルのロビーでドスを抜いたりはしないだろう。

「見送りごくろうさん。駄賃はなしだ。後で親にもらえ」

再び歩き出し、まっすぐに正面口から出た。そしてゆっくりと歩き続ける。追ってくる者はいなかった。

その日のうちに稀郎は美竹町《みたけちょう》のナイトクラブ『ラミー』で花形と落ち合い、対策を協議した。

「奴ら、絶対に何か仕掛けてくるに違いありません。その前に、せめて安藤組の中だけでも対策を決めておいた方がいいんじゃありませんか」

稀郎の提案を、花形は一蹴した。

「あいつらのタヌキっぷりはおめえもその目で見てよく知ってるだろう。奴ら、揃いも揃っててめえのことしか考えちゃいねえ。そもそも、事の起こりはオリンピックの一件だ。それに関しちゃ、東興業《ハナ》は最初っから関係ねえと明言してる。てめえのケツはてめえで拭けと言われるに決まってるさ」

「だったら、やっぱり反濤星会の親分衆に話を通して――」

「そんなことしてみろ、それこそ戦争になる。主戦場は渋谷だぞ」

花形はどこまでも消極的だった。

「じゃあ、オリンピックの話はあきらめろってんですかい」

「そんなことは言っちゃいねえ。ありゃあおめえが男の意地を懸けて進めてきた仕事だろう。みすみす濤星会なんかに譲ってやることはねえ」

「敬さんは俺に一体どうしろって言うんですかい」

「心配すんなって。折を見て、俺から親分衆に話しといてやる。恥も外聞もなく東京を見捨てて神戸の軍門に下りやがった星野を嫌ってる親分は確かに多い。星野や飛本だってそれが分かってるから、おめえを無傷で帰したわけだろう」

それはその通りだが――

「今は社長が留守なんだ。そんなときに、俺が渋谷で勝手に喧嘩を始めるわけにはいかねえだろうが」

社長とは安藤昇のことである。もともと花形はこの件に無関係なのだ。稀郎が文句を言える筋合いではない。

「このことは組の連中や健坊達にも言うんじゃねえぞ。揉め事のもとがオリンピックだと知ったら、あいつら、すぐに手を引けと言うに決まってるからな」

「はい、ありがとうございます」

花形の厚意は純粋に嬉しかった。だが、その優しさこそが不安の要因でもあった。以前の花形――それこそ稀郎が出会う前の――ならば、問答無用で濤星会組員を片端から殴り倒していたことだろう。しかし組長代理として安藤組の運営を任されている現在、その責任と重圧とが花形の本来有していた喧嘩師としての本能を著《いちじる》しく削《そ》いでいる。

「心配すんなって」

言いわけするように繰り返し、花形はヘネシーのボトルを空けた。

その言葉は、自分ではなく、花形自身に向けられているように稀郎は感じた。

10

濤星会の動きは予想以上に速かった。

宇田川町を歩いていた西原の門弟三人が、漢南《かんなん》組組員に因縁を付けられ、乱闘となったのである。三人はいずれも人見エージェンシーの引っ越し手伝いに来ていた面々だった。

空手を学ぶ者達であるから勝敗はすぐに決するものと思われたが、そこへ割って入った男がいた。濤星会組員の安田《やすだ》である。

——俺は濤星会の安田だ。この喧嘩は俺が預かる。

それだけならよかったが、安田はこうも言い捨てた。

——いい若い衆が、三人がかりとは卑怯《ひきよう》じゃねえか。親分がいねえと、安藤組も半端なもんだぜ。

収まらなかった三人は、代々木《よよぎ》の旧陸軍練兵場に安田を呼び出し、暴行を加えた。安田はひとたまりもなく叩き伏せられ、意識不明の状態に陥った。三人は事の次第を公衆電話で西原に報告したのち、警察に自首したという。

ラミーで花形と飲んでいた稀郎は、それらのことを駆け込んできた西原から聞いた。

「絵を描いたのは濤星会か」

グラスをテーブルに叩きつけて稀郎は呻いた。

漢南組組長は、飛本組組長の兄弟分である。最初から仕組まれた罠《わな》だったのだ。その罠に、西原の門弟達が嵌《は》まってしまった。

濤星会が狡猾《こうかつ》であったのは、花形でも稀郎でもなく、また西原でさえなく、西原の門弟を狙ったことである。しかも直接のきっかけには漢南組の組員を使っている。これにより、濤星会としては〈組の喧嘩〉として対応することができる。すなわち、安藤組の組長代行である花形を狙う口実ができたというわけだ。もともと濤星会は安藤組に取って代わって渋谷の縄張りを手中に収めようとしていたし、何より、オリンピックの件を表に出さずに済む。

いくら花形や稀郎を排除したところで、新聞に「オリンピック記録映画監督の座を巡って暴力団抗争勃発」などと書かれたら、すべてが水泡に帰してしまうからだ。

「さすがは星野だ」

思わず唸ってしまうほど老獪に考え抜かれた仕掛けであった。

「どうしますか、敬さん」

動揺しつつも体の芯は落ち着いている西原の問いに、花形は表情を変えずに答えた。

「小光《こみつ》さんは社長の兄貴分だ。この人に相談してみる」

万年東一の弟分だった小林光也《こばやしみつや》、通称小光は、安藤昇の兄貴分でもあった。

「じゃあ、一刻も早く」

西原に急かされ、花形が立ち上がる。

裏口から出た花形は、そこに駐めてあった愛車の黒いルノーに歩み寄った。

社長がムショにいる間は贅沢《ぜいたく》はしない――花形はそう言って自家用車をルノーに換

えたのだという。小型のルノーは花形の巨体にはいかにも不向きで、彼は窮屈そうに大きな手足を運転席に押し込めている。

「気をつけて」

稀郎が声をかけると、花形は頭頂部をルノーの天井でこするようにして頷いた。

「おめえもな」

西原と二人、走り去るルノーを見送った。花形を乗せた黒い小さな鉄の箱。まるで花形の棺桶であるかのような。

縁起でもねえ――

慌てて己の考えを打ち消した。だがその考えは、畳にこぼした墨汁のように心へと染み入ってどうにも取れない。

「どうしたんですか」

気がつくと、西原が怪訝そうにこちらを見ていた。

「いえ、健さんにもえらい迷惑をかけちまったと思って」

そうごまかすのが精一杯だった。

八月が終わり、九月になった。濤星会との睨み合いは依然として続いている。

花形から相談を受けた小林光也は、日邦《にっぽう》大学の理事である遠藤辰之進《えんどうたつのしん》に仲裁を依頼した。遠藤は濤星会副会長の藤枝《ふじえだ》とは親密な間柄であるという。ずいぶんとまどろっこしい話だが、ヤクザ間における手打ちの段取りなど万事がこうしたものである。稀郎は残暑でしなびたキュウリをかじりながら事態が動くのを待った。

遠藤は藤枝の自宅に電話したが、藤枝は所用で神戸に出かけており、東京に戻り次第連絡するという話だった。これもまたヤクザ社会ではよくある話で、見え透いた時間稼ぎであった。

詰まるところ、この線での手打ちは望むべくもないということだ。

一方で組長代行である花形の窮地を知りながら、安藤組の幹部達は、案の定、動く気配も見せようとはしない。

じりじりと迫りつつある危険を感じた花形は、密かに渋谷のアパートを出て、妻とともに別の場所へと転居していた。西原も稀郎も、転居先を知らされてはいなかった。

何もかもが花形らしくない。濤星会の動きより、そこが一番気にかかった。不敗伝説。天性の喧嘩師。ステゴロの花形は、自ら望んでそんな看板を下ろしたのか。喧嘩師が喧嘩を避けたとき、そこに何が待っているかは自明である。少なくとも稀郎にはそう思えた。

九月二十七日、花形は死んだ。

事務所に泊まり込んでいた稀郎は、翌日の早朝にかかってきた西原からの電話でそのことを知った。

濤星会は執念深くルノーの後をつけて花形の隠れ家を突き止めていたのだ。

多摩《たま》川の土手に近い川崎《かわさき》市二子《ふたご》のアパートで、ルノーから下りたところを、待ち伏せしていた濤星会の組員二人が柳刃包丁で刺殺した。日頃「拳銃では俺は殺せねえ」と豪語していた男の、あまりに呆気《あっけ》ない最期であった。

実際に花形は、かつて至近距離から二発の弾丸を撃ち込まれたことがある。それでも死ぬどころか、その夜のうちに病院を勝手に抜け出して、女と旅館でよろしくやっていた。それが花形敬の伝説であったのに。

不死身であったはずの花形の死は、ヤクザ社会に大きな衝撃をもたらした。それはもっぱら、安藤組凋落の象徴として受け取られた。暴力の権化であった彼を怖れ、恨んでいた者は多かったから、オリンピック映画を巡るいざこざはほとんど誰にも知られることなく終わった。すべてが濤星会の思惑通りだ。

西原は報復のため動いたが、星野は韓国へ逃れた後だった。さらに西原一派にも刺客の手が伸びるに及んで、西原は報復の余裕を失った。安藤昇の不在により統制を欠く安藤組の面々は言わずもがなで、自らの保身を図るのに汲々《きゅうきゅう》とするばかりである。

敬さん――

深夜、稀郎は人見エージェンシーの事務所で、一人コルトM1903を分解し、入念に手入れを行なった。

花形の死は自分のせいだ。自分が花形を巻き込んだばっかりに。

いくら後悔しても追いつかない。安藤組に義理はないが、花形には返しても返し切れない恩がある。

濤星会が、次に狙ってくるとすれば自分だろう。

来るなら来やがれ――

胸の中で繰り返しながら部品を一つ一つ磨き上げる。元通りに組み立て、最後に弾倉を装塡したコルトをドアに向ける。

次の瞬間、コルトを投げ捨てて稀郎は床に突っ伏した。

駄目だ――違う、違う――こんなんじゃねえ――

嗚咽《おえつ》しながら自分の机に這い寄って、引き出しの奥に隠してあったドスをつかみ出す。

そして鞘《さや》を抜き払い、シャツの上から自分の胸を斬り裂いた。かつて花形がしていたように。

これか――この痛みか――

激痛をこらえ、声を殺して何度もドスを走らせる。己自身を切り刻む。シャツも床も、たちまち血だらけになった。

だがどうしても、心の痛みが治まらない。底知れぬ不安が去ってくれない。

分かっていた。花形の死を聞いたその瞬間に。時代の潮目が変わる水音を、自分は確かに聞いていたのだ。

怖いのは濤星会ではない。自分も花形のように、〈取り残される側〉なのかもしれないということだ。

花形の巨体が、似ても似つかぬ細身の兄に重なる。出征したまま還らなかった兄の姿に。

兄の専太郎も花形も、すべてから見放され、取り残された。

自分は違う――自分だけは――

その確信がもう持てない。混乱し、行き場をなくした魂が、刃となって己の体を外から裂く。

床に這いつくばって呻きながら、稀郎はぼんやりと考えた――明日の朝になったら、出勤してきた泰子が血まみれの床を見て腰を抜かすことだろう。さて、なんと言いわけしたものか。

事務所に閉じこもったまま数日を過ごした。泰子をはじめ社員には電話で臨時休業を伝え、出社させなかった。

血だらけの床の掃除が間に合わなかったということもある。我ながら情けないほどに憔悴《しょうすい》し切った顔を見せたくなかったということもある。また濤星会の襲撃に巻き込みたくなかったということもある。

違う、理由なんざありゃしねえ――

誰にも会いたくなかっただけだ。濤星会だろうが、安藤組だろうが。

事務所に籠もって、時折思い出したようにドスで己を傷つける。花形の怨念と憤怒とが乗り移ったかのように。

傷口が熱を持って疼《うず》き始めた。水道の蛇口に直接口を付けて際限なく水を飲み続ける。いくら飲んでも渇きが治まらず、熱も引かない。

目の前で花形が吠え狂う。いや、学生服にゲートルを巻いたあの姿は、出征したきり戻らなかった兄の専太郎だろうか。B29の編隊が次々に落としていく焼夷弾の炎に炙られて、火鉢の網に載せられたスルメのように揺らめいている。全身の傷から血を流し、延々と呪詛《じゅそ》を吐き続ける。これが繁栄する日本なのかと。自分はこんなことのために死んだのかと。

花形なのか、兄なのか。どちらでもいい。どうせ熱と弱気の見せる幻影だ。

いけねえ、このままじゃ頭がいかれちまう――

厳しい残暑が続いていたが、傷を隠すために体中に包帯を巻き、黒い長袖のシャツを着た稀郎は、ふらつく足を踏みしめて原宿セントラルアパートを出た。表参道停留所からトロリーバスに乗り、新宿四丁目で下りる。ぼんやりと国鉄新宿駅の方へ歩きながら、途中で目に付いた蕎麦屋に入り、カツ丼を注文した。食欲は感じていなかったが、煮汁の沁《し》みたカツを一口かじった途端、猛然と食欲が湧いてきて、瞬く間に米粒一つ残さず食べ終えた。丼を置いて息を吐く。ようやく頭がはっきりしてきたような気分であった。

ゆっくりと茶を飲みながら、テーブルの上にあった新聞を引き寄せ、興行欄に目を走らせる。

『甘い罠』というタイトルが目に入った。若松の言っていた初監督作品だ。確か九月の頭くらいに封切られたはずだが、まだ劇場《コヤ》にかかっていたのか。

若松の作品が好評を博しているという噂は聞いていた。しかし、濤星会とのゴタゴタで映画館に足を運ぶ余裕など到底なかった。まだ上映が続いているということは、それだけよい作品であったに違いない。

店を出た稀郎は、上映している映画館に向かった。気持ちを切り替えるにはちょうどいいと思えたし、何より若松がどういう演出をしているのか気になった。

『甘い罠』は、予想以上の作品だった。低予算なのでロケシーンが多いが、それがかえってドキュメンタリーのようなリアリズムを生んでいる。真夏の話なのに全編に寒々とした虚無感や焦燥感が漲《みなぎ》っていて、不条理な現実がすべての登場人物を呑み込んでいく。五所怜子《ごしょれいこ》、香取環《かとりたまき》、睦五郎《むつみごろう》といった役者陣も好演している。堂々たる監督ぶりだった。低予算のエロ映画であるにもかかわらず、目利き筋からの評価が高いのも頷ける。

やったなあ、若松――

愛嬌あふれる若松の笑顔を思い浮かべ、稀郎は心の中で褒め讃えた。こちらまで体中に精気が甦《よみがえ》ってくるようだった。

若松はきっと、この先も大いに活躍することだろう。現にあちこちのプロダクションから引きがあるという話も耳にしている。彼の前に広く開けた道が、実際に目に浮かぶような気さえした。前途洋々というやつだ。羨ましさを覚えないと言えば嘘になるが、それよりも祝福の気持ちがはるかに勝った。

俺も負けてられねえなあ――

花形の死によって打ちのめされた稀郎の心に、若松の映画がほんの小さな火を点した。あんなに暗く、救われない内容であったというのに。それが映画の持つ原初的な炎であることを、稀郎は改めて確認する。

これからもいい映画《の》を頼むぜ、若松監督。

11

久々に松竹大船撮影所へ足を運んだ稀郎は、スレート葺《ぶ》きに白い漆喰《しっくい》壁の映える二階建ての本館に入った。一階にある美術部に直行し、中を覗く。

「あっ人見さん、おはようございます」

室内にいた全員が立ち上がって挨拶してくる。ロケ弁事件以来、錦田だけでなく稀郎の株も大いに上がり、所内でもこれまで以上に丁重な扱いを受けるようになっていたのだ。

時間帯に関係なく、〈おはようございます〉は興行界共通の挨拶だ。元は歌舞伎の興行に由来するというが、本当かどうかまでは知らない。

「おう、日高はいるかい」

日高は事件の際、抗議の声を上げた被差別部落出身者である。

「ああ、日高さんは今打ち合わせで演出部に行ってます。もうじき戻ると思いますけど」

美術部の新人らしい童顔の若い男が教えてくれた。

「そうかい、ありがとうよ」

「あの、日高さんに何か御用でも」

「いいんだ、気を遣わねえでくれ」

表の廊下に出てしんせいをくわえ、マッチを擦って火を点ける。

稀郎は滅多に煙草《タバコ》を吸わないが、吸うときはしんせいと決めている。もっぱら手持ち無沙汰をごまかすためだが、しんせいを選んだのは、三島由紀夫《みしまゆきお》の『潮騒』を読んだからだ。

刊行当時に話題となって、すぐに東宝で映画化された。稀郎はこの映画版を先に観た。主演は久保明《くぼあきら》と青山京子《あおやまきょうこ》。監督がアクション演出に長けた谷口千吉《たにぐちせんきち》だったので観に行ったのだが、世評が高かったわりには今一つピンと来なかった。そこで原作小説を読んでみたというわけである。空襲で焼ける前の生家には父や兄が残した本が山のようにあり、暇潰しに読んでいたので、三島を読むのも苦ではなかった。むしろ軽佻《けいちょう》に感じたくらいであるが、それでも映画版よりはずっとよいと思った。作中、主人公の乗り込む漁船の船員がしんせいを吸っている描写があり、どういうわけかその部分が特に心に残ったというわけだ。

兄専太郎は映画好きだけあって、小説の類いにも目がなかった。三島のデビューは兄の出征前のはずだが、家で三島の本を見た記憶はない。

果たして兄は、三島由紀夫を読んでいただろうか。

もし兄が生きていて、今の三島や、石原慎太郎を読んだらどんな感想を抱くだろうか。

そんなよしなしごとをぼんやり考えていると、廊下の向こうから台本を手にした日高が歩いてくるのが目に入った。

煙草を足許に捨てて踏み消しながら声をかける。

「よう」

「あっ、人見さん」

親しげに駆け寄ってくる。彼ら被差別部落出身スタッフにとって、例の事件における『錦田裁定』は画期的な慶事であり、錦田と稀郎に対して絶大な信頼を寄せている。

「忙しいところをすまねえ、ちょいと話があるんだが、いいかい」

「次の打ち合わせがあるんで、三十分くらいなら」

「充分だ」

快く応じてくれた日高を食堂の二階にある喫茶室に誘う。コーヒーを二人分注文してから、前置きなしで切り出した。

「あんた、行連《こうれん》の支部役員なんだってな」

行連とは『部落行動連隊』のことで、被差別部落の解放を目的とする同和団体である。

「ええ、まあ、ついこないだ推薦されて……でも、それが何か……」

微妙な話題であるだけに、日高は用心深そうに答えた。

「中央本部の畝本《うねもと》さんを知ってるか」

「執行委員の畝本簑助《みのすけ》さんですか。もちろん知ってますけど、親しいわけじゃありません。なんせ僕らからしたら雲の上の人ですから」

「実は、畝本さんを紹介してほしいんだ」

日高はまじまじと稀郎を見つめ、

「どういうことですか」

さりげなく周囲を見回して、誰も聞いていないことを確認してからオリンピックの件について打ち明ける。

「錦田さんをオリンピック映画の監督にって話は聞いてますけど……」

半信半疑といった面持ちで日高が呟く。

「本気ですか、人見さん」

「ああ、本気も本気、大本気さ。オリンピック映画協会の内諾も取り付けてある。あんたちのおかげで、『輝ける明日の恋人』に続いて『望郷の流れ者』も大ヒットだ。流れとしちゃあ悪くねえ」

嘘ではない。錦田裁定に感激した日高達は、「この監督のためなら」と発奮し、予算以上の仕事をしてくれた。映画の出来は、こうした理屈を超えたスタッフの力にも大きく左右されるのだ。

そうした無形の力は確実に画面の上に表われる。『望郷の流れ者』は、実際に前作以上のヒットとなりつつあった。

「黒澤も今平《いまへい》（今村昌平）も特権階級にあぐらをかいてる大監督様だ。スタッフが自分に尽くして当然だと思ってやがる。だけど錦田は違う。この前の騒ぎを思い出してみろ。差別心なんてこれっぽっちもないことは、あんた達がその目で見た通りだ。錦田なら映画界を変えてくれる。分かるか、この業界から差別をなくす絶好のチャンスなんだ」

目を見開いたまま日高が頷く。

「だがな、ここに来て濤星会が乗り込んできた。奴らに任せたら、何をどうされるか分かったもんじゃねえ。少なくとも、差別撤廃の夢も水の泡よ」

それは嘘だ。もしくは意図的な欺瞞。稀郎の目的は差別撤廃などではない。理想的な社会が実現するのなら結構なことだとは思う。だがそれを信じられる者はヤクザになどならない。

第一、濤星会の星野は在日韓国人だ。稀郎の理屈が通るのなら、星野が韓国人差別の根絶に動く可能性もあり得る。現実にはまったくないと言い切れるが。

ともかくそんなことには一切触れない。今の狙いは、あくまで日高の説得だ。

「濤星会には右翼や韓国系の勢力がついている。これに対抗するには──」

「待って下さい」

日高は蒼白になって、

「僕なんか下っ端もいいとこですよ。とてもそんな」

「だから畝本さんを紹介してくれと言ってるんだ。あの人なら力のある政治家にも渡りを付けられる。約束する。あんたには決して迷惑はかけねえ」

今度は本当だ。日高はただ行連との接点として利用するだけで、それ以上は最初から求めていない。

「本当に紹介するだけでいいんですね」

「ああ」

「分かりました。この前の弁当の話は行連の各支部でも話題になっています。錦田監督や人見さんを中央本部に紹介することは可能です」

「ありがてえ。恩に着るよ」

「具体的な段取りは、とにかく上に話してみてからということで」

「分かった」

「僕、もう行かなきゃ」

腕時計に目を走らせて慌ただしく立ち上がった日高が、真剣な目で稀郎を見つめる。

「頼みます、人見さん。錦田監督と力を合わせ、映画界から理不尽な差別をなくして下さい」

同和団体の青年役員らしい、真摯《しんし》でまっすぐな視線であった。

それを正面から受け止めて、心にもない嘘を吐く。

「任せてくれ」

映画とは、人の業《ごう》が生み出すものである。憎悪や怨念がフィルムに焼き付けられているからこそ人の心を揺さぶるのだ。

差別もなく、打算もなく、清潔な理想郷となった映画界に価値などない。

日高も分かってはいるはずだ。しかし映画人であると同時に、散々に差別を受けて育った行連役員としての願望が、彼の直感を押さえつけるだろうと稀郎は踏んだ。

六日後、浜松町《はままつちょう》にある行連中央本部に赴《おもむ》いた。

［差別撤廃は我等が悲願］［皆が平等に暮らせる理想社会の実現］。そんなスローガンを掲げた宣伝ポスターに並んで、錦田欣明監督作品『輝ける明日の恋人』『望郷の流れ者』のポスターが一段と目立つ場所に貼られていた。行連内部で、〈反差別のヒーロー〉として錦田の人気が高まっているという日高の話は本当だったのだ。

こいつはいける――

内心で意を強くする。

「お待たせしました、こちらへどうぞ」

職員に案内され、会議室に入る。そこで畝本簑助が待っていた。薄くなった頭髪、くたびれた背広、中肉中背で顔の大きい体型といった外見は、立ち飲み屋にでも大勢いそうな普通の中年男としか言いようはない。

同席する者はいなかった。内容を予想しているのか、畝本は職員に「しばらく誰も通さんように」と念を押す。それでなくてもヤクザ者との面談だ。内密であっても職員が不審を抱くこともないのだろう。

一礼した職員がドアを閉めて去ると、畝本は無遠慮に切り出した。

「大体の話は聞いとる。僕は気の短いタチでな。お互い手っ取り早く行こうじゃないか、人見さんよ」

「望むところです」

稀郎は畏まって答えた。一見風采の上がらぬこの男が、今は息苦しさを覚えるほどの威圧感を放っている。

肩書こそ単なる執行委員の一人にすぎないが、畝本簔助こそ行連を牛耳《ぎゅうじ》る実力者の一人であることは公然の秘密であった。噂では、委員長や書記長など表の要職に就かないのも、裏に回って利権を漁《あさ》りやすくするためだと言われている。

同和行政に絡む利権で数々の事業を営む畝本は、公式、非公式を問わず、自治体から巧妙に引き出した同和対策措置等を利用し、巨額の利益を得ているのだ。のみならず、措置を悪用した脱税まで請け負って、莫大なマージンを手にしている。

金の集まるところには人も集まる。実際に何人かの政治家が畝本からの違法献金を受けて子飼い同然となっていた。そうした闇のつながりを抜きに行連の躍進はなかったと言っていい。

そもそも、被差別部落出身のヤクザは多い。生まれたときから理不尽な社会的ハンデを背負わされているのだから当然といえば当然である。ゆえに行連と暴力団との関係は極めて深い。各地の支部で、暴力団組員が幹部役員を務めている例は枚挙に暇《いとま》がないと言っていいほどだ。土建業をはじめとする行連傘下の企業も無数にあって、彼らは行政の優遇措置と暴力とを背景に、不当な利益を得ていたりもする。

その暴力は外部だけではなく、内部にも向けられる。各支部で頻発する内部抗争に暴力団が介入する事例もまた多い。

差別される者は、常に戦い続けねばならない。そうしなければ、いつまでも差別され続けるだけだからだ。そのために行連や他の同和団体は生まれた。

彼らの活動により、目に見える形での差別は確かに減った。それがかえって、より陰湿な形での差別の温存をもたらしたとは言えまいか。いずれにしても結果論でしかないのだが。

必要悪とは、不必要な正義と同義である。戦後の日本で必要とされたからこそ、畝本と行連の今日がある。

そうだ――ほかでもない、日本が闇を欲したのだ。

またそれは、日高のような末端の支部役員が、気づいていながらあえて目を背けている部分でもある。ヤクザである稀郎に、闇に対する忌避感はない。むしろ好んで踏み込める。今の場合はそれが強みだ。

そして稀郎が特に目を付けたのは、畝本と北九州額念《がくねん》一家との関係である。濤星会、ひいては海図組を牽制できるとすれば、額念一家を措いて他にない。

「僕の耳にも入ってるよ。花形が殺《や》られて、あんた、ずいぶんヤバいんだってな。そっちの世界じゃすっかり厄ネタ扱いだそうじゃないか。それで僕んところへ来たっちゅうわけか。目の付け所だけは褒めてやる」

身も蓋もない、本音にすぎる話しぶりに圧倒される。

「それで、あんたに肩入れして、僕らになんの得があるっちゅうの」

「映画界の差別をなくします」

大きな顔にぽつんとある小さい両目を丸くして、畝本がこちらを見つめる。こいつは底抜けの馬鹿だと言わんばかりに。

「もちろんそれは、行連を動かすための方便です。大事を為すには大義名分てもんが必要でしょう」

畝本がにたりと笑って上半身を乗り出してくる。

「なるほど、それで」

「興行界の利権です。私の知る限り、行連も興行界での影響力だけはないに等しい。おかしいじゃないですか。封建的な興行界にこそ差別は根深く残っている。行連が乗り出すにふさわしい恰好の口実です」

「それを隠れ蓑《みの》にせいちゅうことか」

「少なくとも、海図組と交渉する糸口になるでしょう。私の方は濤星会に入れるつもりだった上納金をそちらに回します。これは畝本先生に直接お渡ししますから、その先の使い途《みち》は私の知るところではございません」

「いい話のように聞こえるが、なんもかんも額念一家の武力を前提にしとるじゃないか。言ってみれば代理戦争だ。あんたにとってだけ都合がよすぎるとは思わんか」

覚悟はあらかじめできている。ここが勝負のしどころと見た。

用意してきた書類をテーブルに置き、相手の方へと押しやった。

「なんだね、それは」

「映画の企画書です。オリンピック記録映画の監督となれば、錦田は押しも押されもせぬ大監督だ。当然次作に注目が集まる。その第二作として、反差別をテーマにした作品を作らせます」

「ほう」

面白そうに頷いているが、企画書を手に取ろうともせず、畝本はじっとこちらを見つめている。

「プロデューサーとして畝本先生のお名前も表記します。反差別映画の制作は行連の活動としてふさわしく、また文化的にも意義がある。そう思われませんか」

反差別映画の企画書。それこそ稀郎が徹夜で用意した切り札であった。

金を手に入れた人間が次に欲する物は決まっている。名誉だ。

反差別がテーマの映画なら、文部省特選も芸術祭参加も容易である。そのプロデューサーとなることは、行連内の畝本の地位と評価を盤石《ばんじゃく》のものとするのみならず、文化人としての名声を手に入れることと同義である。その名声は、行連の委員長や書記長をどれだけ務めようと、決して手に入らぬ類いのものであるはずだ。

「いかがでしょう。これでも吞めねえとおっしゃるんなら構いません。この話はなかったということで、一つお忘れになって下さい」

畝本が顔中の筋肉を総動員させたような笑みを浮かべた。捨て身の面会が成功した瞬間である。


行連と額念一家の動きは迅速だった。

額念一家はなりふり構わぬ凶悪さで知られている。オリンピックを前にした当局の締め付けを懸念する海図組は、案の定額念一家との衝突を避けた。もとより、行連と正面切って事を構えることの愚を知らぬ海図組ではない。海図組の幹部や構成員の中にも、被差別部落の出身者が多数含まれている。

濤星会もまた、何事もなかったような顔で渋谷から引き上げた。

世間的には、花形の殺害により暴力世界の勢力地図が刷新されたように受け取られている。濤星会の面子に影響はない。しかしその実、会長の星野ははらわたが煮えくり返っているはずだ。飛本組の飛本と金串も。

ざまあみやがれ――

原宿の事務所で稀郎は一人祝杯を上げた。それは花形への手向《たむ》けでもある。遺影代わりに取っておいたドスに、最上級のウイスキーを振りかけた。ただのドスだが、そんなことはどうでもいいと、理屈ではなく心で思えた。

ドスは清めても日本はこれっぱかりも清くはならねえ——だが少なくとも敬さん、あんたがもう自分を痛めつける必要はねえんだよ——

12

人見エージェンシーは再び活況を呈し始めた。

花形の死によって安藤組関係者との縁は切れたが、代わりに行連をバックにつけることに成功した。濤星会ももう手は出せない。こうなると怖れるものは何もないと言っても過言ではなかった。

『望郷の流れ者』の興行は依然好調で、著名な批評家による「前作『輝ける明日の恋人』を凌駕《りょうが》する傑作」との評が大手新聞の映画欄に載るに及んで評価は決定的となった。

桑井、山畑、南沢らオリンピック映画協会小委員会の有力者はすでに取り込んであるが、それでもまだまだ、二流の職人と見なされている錦田の起用に異を唱える者は多い。しかし名だたる巨匠連にことごとく断られた挙句、新藤兼人《しんどうかねと》にも逃げられて、完全にお手上げとなったらしい。

今すぐにでも監督を決めなければ、オリンピックに間に合わなくなってしまう。そうなれば国家の面目に関わる一大事だ。オリンピック映画協会もさすがに相当な危機感を抱いていることだろう。

桑井の話では、先日小委員会の会合が持たれ、その席で錦田が有力候補として検討されたという。

ここまで来るとあと一息だ。稀郎は最後の工作に忙殺された。

南沢から連絡があったのはそんな頃だった。

菱伴物産の常務を務める南沢は、監督の選定について大きな影響力を持つ役員の一人である。金で籠絡《ろうらく》済みであるとは言え、おろそかに扱っていい相手ではない。稀郎は相手の求めに応じて赤坂の老舗《しにせ》料亭『赤坂浅田』に向かった。

「人見君、すまん」

座敷に通されるなり、南沢がいきなり頭を下げてきた。

天下の菱伴物産常務ともあろう者が、ヤクザに対して取る態度ではない。

「錦田監督の話、あれはなかったことにしてもらいたい」

あまりに突然であったため驚いたが、ここで取り乱すわけにはいかない。

「そいつは困りましたねえ。常務さんにはかなりのモノをお渡ししてあるはずだ。しかもその金はとっくに消えている。常務さんの開けた穴を埋めるためにね。今さらなしにできねえことくらい、充分お分かりのはずでしょう。まあ、落ち着いてわけを話しておくんなさい」

「経理担当役員の吉田《よしだ》だ。こいつが私の作った損失に気づいた」

「そんなのはとっくに穴埋め済みのはずでしょう」

そこまで言って、稀郎は息を吞んだ。

「まさか常務さん、あんた、あの金を——」

だが南沢は激しく首を左右に振り、

「違う、ちゃんと補塡した。どこから見ても問題はないはずだ」

「じゃあ、なんで」

「吉田は副社長派で、私のミスを副社長の伊那部《いなべ》さんに御注進に及んだ。すぐに伊那部さんに呼ばれたよ。たとえ補塡済みであっても、失策は失策だとな。こっちはもう一言もない。すると伊那部さんはこう言うんだ、オリンピック映画の監督に佐渡原《さどはら》サトシを推してくれと」

「佐渡原サトシだって」

思わず声を上げていた。

「どうして副社長がそんなことを。佐渡原のファンかなんかですか」

佐渡原サトシは日活の中堅職人監督で、経歴も錦田によく似ている。一昨年『虚ろな青春』がベルリン映画祭に出品され、惜しくも受賞には至らなかったが、国内では大きな話題となった。その一点において、錦田よりは有利と言える。まさに絶妙と言うしかない人選であった。

「いいや、伊那部さんは映画や文学にはまったく関心を持たん人だ。佐渡原サトシなんて、名前も知らなかっただろう。なんらかの事情があって言っているとしか考えられん」

「そりゃ一体どういう事情なんですか」

「分からん。唯一考えられるとすれば、社長派に対する牽制か何かだ」

「社内の派閥争いってことですか。だとしても、オリンピックの監督が菱伴の派閥にどう関係するって言うんですかい」

「本当に分からんのだ。私自身は社長派だが、堺《さかい》社長も伊那部副社長も、オリンピック自体はともかく、記録映画の人事なんぞ昨日まで口にしたこともなかった。それが突然……ま、ともかくだ、そういうわけで、錦田の件はなかったことにしてくれんか。このまま錦田を推すのなら、次の役員会で損失補塡の件を議題に上げると伊那部さんに脅された。頼む、分かってくれたまえ、人見君」

金をもらっておきながら、自らの保身のため約束はなかったことにしてくれと平気で言う。もう呆れるよりない大企業役員の厚顔ぶりであった。

「分かりました」

「分かってくれたか」

「いえ、そうじゃなくて」

当てつけに見えるよう舌打ちし、

「私の方で大至急事情とやらを調べてみます。小委員会の次の会合にはまだ間があるはずですから、それまで常務さんはどうかくれぐれも迂闊なことはおっしゃらぬよう」

「そうか……分かった」

南沢は不健康な青黒い顔色に、不機嫌そうな暗褐色をさらに加え、

「しかし、緊急の会合がいつあるか分からんぞ。その場合、私は副社長に言われた通り佐渡原を――」

「承知しております。では、早速」

苦虫を嚙み潰しつつ、赤坂浅田を後にした。老舗の料理に箸を付けることもできなかったが、今はそんないじましいことを言っている場合ではない。

その足で情報収集に回る。

菱伴社内の派閥抗争がオリンピックの記録映画にどう関わるのか。いくら考えても分からない。裏にきっと何かある。それも、おそらくは政治絡みの。

となると、政界周辺から情報を仕入れるしかあるまい。タクシーを拾った稀郎は運転手に桑井菅次郎の自宅住所を告げた。

車内のラジオから、さしてうまくもない、ただ甘ったるいだけの歌声が流れている。近頃よく耳にする。曲名は知らない。歌っているのは花野リカだ。

雑誌やテレビで、その名の通り、花のように微笑むリカを見かけることも多くなった。桑井は存外に義理堅く、リカの願いを次から次へと叶えてやっているようだ。若い娘を本当に可愛がっているのだろうが、リカのテクニックがそれだけ巧妙だということでもある。

いずれにしても、その歌は少しも稀郎の胸に響かなかった。

翌日の夜、桑井から事務所に電話が入った。

〈例の件な、大体は分かったぞ〉

政治家だけあってさすがに早かった。

〈伊那部君の後ろにいるのは鎌谷謙吉《かまたにけんきち》だ〉

奴か――

である。
　参院議員、鎌谷謙吉。オリンピック組織委員会の委員に名を連ねている古参議員で
ある。
〈鎌谷は党内でも相当な実力者だ。それだけに癖が強い。大臣になれなかった分、オ
リンピックの運営で実績を上げ、自分の名を後世に残そうと考えておる。それに待っ
たをかけておるのが、関東銀行連絡会会長の川久保悌蔵《かわくぼていぞう》だ〉
　帝人銀行の元頭取にして財界の大立者、川久保悌蔵。彼もまた組織委員会の委員で
ある。
「つまり、組織委員会の主導権争いってわけですかい」
〈さすがは人見君だ、察しがいいのう。ここまで引っ張った記録映画の監督選定に一
肌脱いだとなれば、鎌谷の株も上がろうというものだ。川久保にとっちゃあ、面白か
ろうはずがない〉
「鎌谷が菱伴の伊那部を通して圧力をかけてきたってのは」
〈簡単だ。鎌谷と菱伴の堺社長とは、造船疑獄以来、犬猿の仲なんだよ。要するに敵
の敵は味方というわけだ〉
　組織委員会の主導権争いに加え、菱伴の派閥争いとは――
〈しかしこれも、ある意味、君のせいでもあるんだよ〉
「私のせい、ですか」

〈君は錦田監督擁立のために行連を引っ張ってきただろう。その話が裏の方から鎌谷の耳に入った。そんな利権が残っとったのかと、俄然《がぜん》乗り出してきおったというわけだ。あれだけの利権を確保しておきながら、本当に欲の深い男だよ、鎌谷は〉

「まったくで」

〈それでな、人見君、覚悟して聞けよ。悪い話はここからだ〉

悪い話だって？　これ以上どんな悪い話があるというのだろう。

〈鎌谷は行連に対抗し得る勢力として、公案研究会と話を付けた。君も噂くらいは聞いとるだろう、公研は政党を作って政界進出を狙っておる。連中にしてみれば、鎌谷からの申し出は渡りに船と言ったところだったんじゃないかねえ〉

掌《てのひら》に滲んだ汗で受話器を取り落としそうになった。

公案研究会の公案とは、禅宗における修行のための課題を意味する。すなわち同団体は、仏教系の宗教団体なのである。信者数は膨大で、信教の自由のもと、闇に隠された部分もまた多い。

信者への強引な献金要求。未成年への入信強要。会員財産の私的流用。他宗教への執拗な攻撃を繰り返しながら、自分達への批判に対しては出版妨害や脅迫などの手段に訴える。

狂信ほど恐ろしいものはない。実際に、教団を批判した者や内部告発者が何人も不審な死を遂げている。

確かに行連と互角以上に渡り合える組織だ。この二大組織が真っ向からぶつかり合ったとすれば、その余波で自分など瞬時に消し飛んでしまうだろう。

その恐怖に、今にも膝から崩れ落ちそうだった。

〈どうした？　人見君？　聞いておるかね？〉

「はい、聞いてます」

がくがくと手が震えて耳に押し当てた受話器の位置が定まらず、桑井の声が遠のいたり近づいたりする。それでもかろうじて返答した。

〈こりゃあまずいぞ、人見君〉

桑井の漏らしたため息が、直接耳に吹きかかるようだった。

〈悪いが、南沢君同様、わしも手を引かせてもらうよ〉

我に返って必死に受話器へ呼びかける。

「待って下さい、桑井先生、なんとかして必ず――」

電話はすでに切れていた。

撮影所の端にある第九ステージの裏に錦田を呼び出し、一連の経緯について打ち明けた。

「佐渡原サトシ？　冗談じゃない」

予期した通り、錦田は目を剝《む》いて憤慨した。

「あいつの人格を知ってますか。まったく以て恥知らずな最低の野郎ですよ。才能があるのは自分だけだと思って疑いもしない。どういう神経をしてるんだか、あれでよく監督ヅラができるもんだ」

佐渡原に対する悪口雑言《あっこうぞうごん》の数々は、そっくりそのまま錦田に当て嵌まる。自分のことを言っているのかと思ったくらいだ。

「よりにもよってあんな奴を。偉いさんにへつらうことしか知らない男芸者だ。あいつはそうやって自分の作品をベルリンに出してもらったんですよ。結果は案の定落選だ。出来からして分かってたことなのに。それでも『映画祭出品監督』を自称して威張りまくってる。したり顔で新聞に寄稿までして、ちゃんちゃらおかしいってのはこのことだ」

「もうそのくらいにしとけ」

聞いているうちによけい気分が悪くなってきた。やはりこの男には秘密にしておく方がよかったか。しかし、佐渡原の名がいつ候補として公表されるか知れない以上、錦田にはあらかじめ伝えておいた方が無難というものである。

「とにかく、鎌谷謙吉と公案研究会が組んだ以上、手の打ちようがねえ」

「こっちには行連がついてるじゃないですか」

「バカ言うんじゃねえ。行連と公研が、人目もはばからずやり合うようなことにでもなったりしたらマスコミが大騒ぎだ。どのみちおまえが監督する目は消えてなくなる」

「じゃあ、どうすれば……」

顔を紫色に染め、全身を小刻みに震わせながら訊いてくる。

「俺はできるだけのことはしてみるつもりだ」

「具体的には」

こちらを詰問するような口調にかっとなるが、怒るだけ無駄だと思い、ゆっくりと説明する。

「まず桑井の話の裏付けを取ってみる。それから周辺のネタをかき集める。そこで突破口になるような何かが見つかるかもしれねえ。必ず見つかるって保証はないが、何もしねえでいるよりはましだ。今はそんなところかな」

悔し涙を滲ませた錦田が、何か言いたそうに口を開けた。

恨み節に近い愚痴か、あるいは最初に会ったときのように土下座しての哀願か。いずれにしても見苦しい醜態を晒すだろうと思ったが、違っていた。

「分かりました。よろしくお願いします」

腰にぶら下げた手拭いで涙を拭い、錦田はきっぱりと言った。

「僕は自分の作品作りに精一杯取り組むことにします。幸い、今制作中の『向かい風の中に立て』はスタッフのがんばりもあって凄い作品になりそうなんです。いい映画を撮って、作品の力で認めさせる。映画監督にできることは他にないし、それが一番いいと思うんです」

あまりにも真っ当で堂々とした意見に、稀郎は思わず「ああ、そうだな」といかにも間抜けな相槌を打ってしまった。

「じゃ、すみませんが僕はこれで。撮影が押してますんで」

一礼して去っていく錦田の不恰好な後ろ姿を、稀郎は毒気を抜かれた思いで眺めるしかなかった。

あの錦田が――

弁当事件のときも感じたが、錦田は人の上に立つ監督としての器量を身に付けつつあるのだろうか。それとも、さすがにこの局面でこれ以上ごねるのはみっともないと自制したか。錦田の清々《すがすが》しい態度から、おそらくは前者であろうと稀郎は感じた。

立て続けのヒットによって自信を得たせいかもしれないが、勢いに乗っている監督とは皆こういうものなのか。だとすると、それもいわゆる〈映画の魔〉の一種だ。

おっかねえ――けれども今は心強い――

自分まで〈魔〉に憑《つ》かれたような気分になって、稀郎は昂然と歩き出した。

錦田の態度に奮起したというわけではないが、精力的に情報収集に駆け回った。鎌谷謙吉の身辺、経歴。公案研究会の内情、勢力。菱伴物産取締役会の人間関係。佐渡原サトシの評価、評判。

調べれば調べるほど、敵の強大さを思い知らされるばかりで、付け入る隙など微塵《みじん》も窺えない。

一方、菱伴の派閥争いは、実に陰湿で根深いものだった。表沙汰にはなっていないが、自殺者も何人か出ているようだ。名門だけに、長い年月の間に蓄積した憎悪が渦巻いているのだろう。考えようによっては利用するに絶好の下地であるとも思えるが、このタイミングで自分が介入するのは、虎口へ己の頭を差し入れるようなものである。

また佐渡原サトシについては、錦田の言った通り、最低に近い人格の持ち主のようであったが、そんなことは映画監督には珍しくもないし、瑕瑾《かきん》でしかない。作品の数や質といった実績はやはり錦田と甲乙付け難い。それでもベルリン映画祭に出品されたという実績は、落選したとは言え、一般の日本人には思った以上にアピールするようだった。

早く手を考えねえと――

調布《ちょうふ》市国領《こくりょう》町に住む関係者を訪ねた帰り道、秋の日没を遠くに望んで、稀郎はシャツの襟元のボタンを留めた。残照が急速に薄れ、周囲が薄闇へと転じていく。収穫がなかった分だけ、焦燥と疲労が増大する。

畑の中の道を突っ切っていると、カンカンカンと警報機が鳴り出し、京王《けいおう》線の遮断機が目の前で下りた。やむなく踏切で列車を待つ。遠くに聞こえていた轟音《ごうおん》が急速に高まっていく。

遮断機の向こうにもこちら側にも人影はない。

背後で車の停まる音がした。肩越しに振り返ると、濃い青の日産セドリックだった。

再び線路に向き直る。風がいよいよ冷たくなった。

突然――左右から二人の男に両腕をつかまれた。セドリックのドアが開いているのが一瞬目に入った。

「なんだ、てめえらはっ」

必死でもがくが、二人につかまれた腕はびくともしない。ソフト帽を目深《まぶか》に被っているのではっきりとは見えないが、どちらも知らない顔だった。しかもまったくの無表情だ。並のヤクザではない。〈プロ〉というやつだ。

列車はどんどん近づいてくる。警報機が狂ったように鳴り続ける。

腕が駄目なら両足だ。左右の足で二人を滅茶苦茶に蹴りつけるが、小揺るぎもしない。

不意に体が前に押し出された。セドリックに乗っていた三人目が背後から押しているのだ。

「畜生、放せ、放しやがれってんだっ」

大声で喚き暴れるが、三人の力には抗すべくもない。右側の男が片手で遮断機を持ち上げる。相当に手慣れた動作であった。稀郎の体は今にも列車の前に投げ出されようとしている。

「助けてくれーっ」

あらん限りの声を振り絞って絶叫する。

頭の隅でふと思った――ボツだ。リアクションがありがちすぎる。三流の芝居だ。分かっていても、いざとなると、人間は誰しもこんなふうになるものなのか。泣き叫んで命乞いするものなのか。自分もまったく例外ではなかったというわけか。もしそうならば、紋切り型こそ真実の描写だ。

列車が迫る。目の前に。すぐそこに。自分の叫び声ももう聞こえない。体がふわりと浮き上がった。花形が四角い顔にいつものふて腐れたような表情を浮かべている。

微かな銃声が聞こえた。

銃声?

稀郎も左右の男達も、同時に背後を振り返った。

薄闇の向こうで銃火が閃《ひらめ》き、左の男の足許に土埃が舞う。

三人は稀郎の体を突き放し、セドリックに飛び乗った。

稀郎の髪の先をかすめつつ、列車が凄《すさ》まじい勢いで通過していく。

甲高い警報音が止まった。遮断機が上がり、セドリックが急発進する。稀郎は慌てて飛び退き、突っ込んできた車体をかわした。

助かった——

シャツは大雨に遭ったように濡れ、心臓は今にも破裂しそうだった。頭が朦朧《もうろう》としてはっきりしない。

これが間一髪っていうやつか——

「大丈夫かい」

薄闇の向こうで声がした。聞き覚えのない声だ。

「どちらさんで」

立ち上がって問うと、男は苦笑したようだった。

「命を助けてやったんだ。まずは礼を言ってもらいたいな」

「これは失礼しました」

恥じ入りながら頭を下げる。

「ありがとうございました。おかげさんで助かりました」

「ヤクザにしちゃあ素直じゃないか」

はっとして顔を上げる。

ヤクザにしちゃあ？

男は明らかにこちらの身許を知っている。

闇に目が慣れてきたせいか、近寄ってきた男の顔がはっきり見えた。

年の頃は三十代半ばくらい。渋さの中に色気が漂う、目鼻立ちのはっきりした二枚目だ。映画俳優としても充分に通用すると思った。その上、度胸の方は今見たばかりだ。拳銃はいつの間にかしまっている。

男はセドリックの去った方角を見遣り、

「奴ら、もう襲っては来ないと思うが、駅の近くに俺の車を停めてある。乗せてやるから一緒に来い」

拳銃を持った男がいきなり出現して危ういところを助けてくれたばかりか、車に乗せてくれるという。通りすがりの親切にしては出来すぎだ。それこそ御都合主義のボツ台本と言っていいだろう。

そうでなければ、何かの罠だ。

「失礼ですが、兄貴さんのお名前は」

「篠村喜代志《しのむらきよし》だ」

「どちらのお身内ですか」

「やめてくれ。俺はヤクザじゃないんだ」

ヤクザでないにしても、カタギとは思えない。第一、拳銃を持ったカタギなど……

稀郎ははっとして目を見張り、

「もしかして」

「警官でもないぞ」

篠村と名乗った男は愉快そうに先回りした。

「すると、兵隊さんだったとか」

敗戦時に十八歳の志願兵だったとすると、今年三十六歳で計算は合う。

「半分は合ってるかな。敗戦の少し前までは上海《シャンハイ》にいたからな」

いよいよ以て分からない。半分合っているとはどういうことか。

「命の恩人の兄貴さんにこんなことを言うのは失礼ですが、私は至って気の短い方でして、謎かけは結構ですから、もうちょいとばかり手短にお教え頂けませんかね」

「すまん、すまん」

篠村は快活に笑い、

「俺の仕事は秘書だ」

「秘書？」

「ああ。だから兄貴さんてのはよしてくれ。本当にヤクザじゃないんだよ」

稀郎は用心深く身構える。秘書だというのが本当だとしたら、それは表向きの顔でしかないはずだ。となると、本当の顔は一体なんだ。

こちらの警戒心を察したように、篠村はそれまでと打って変わった真面目な表情で告げた。

「俺はな、児玉誉士夫先生の秘書なんだよ」

13

篠村の車は臙脂《えんじ》色をしたトライアンフだった。

「TR4ですか。こいつはまた、ずいぶんイカした車に乗ってますね」

嘆声を漏らすと、篠村は感心したように、

「詳しいじゃねえか」

「いえ、詳しいってほどじゃ……前に観たイギリスの映画に出てきましてね、そのとき気になってちょいと調べたくらいで」

「なるほど、変人ヤクザとはよく言ったもんだ」

運転席に乗り込んだ篠村は、軽い口調で稀郎を促した。

「何をしている。早く乗れ」

「では、お言葉に甘えて」

稀郎が助手席に乗り込むと同時に、篠村はアクセルを踏み込んだ。

スポーツカーだけあって、馬力が違う。ＴＲ４は夜の田舎道を突き進んだ。

「早いとこ帰らないと、肥の臭いが大事な車に染みついちまいそうだ」

ハンドルを握りながらぼやく篠村の横顔に向かい、稀郎は思い切って口を開いた。

「命を助けて頂いたことは感謝してます。だけど篠村さん……」

「どうして俺があそこにいたかって訊きたいんだろ」

「早い話が、そういうこって」

「それはな、おまえさんを張ってたからさ」

「俺を？」

考えてみれば、尋ねるまでもないことだった。自分は行連と公研の間で綱渡りのような動きをしている。日本の闇に潜む手合いの注意を引いたとしても不思議ではない。

「俺の動きが、児玉先生にはそんなに目障りでしたかい」

「目障りと言やあそうかもしれない。ともかく、先生からしばらくおまえを見張ってろって言いつかった。そしたらいかにも危ねえ三人組が、おまえさんを電車の前に放り出そうとしてるじゃねえか。まさか見過ごすわけにもいかねえからな。それでよけいなお節介を焼いちまったってわけよ」

篠村は片手で背広の懐を叩いてみせた。そこに隠された拳銃を示しているのだ。

「あんた、本当に児玉先生の秘書ですかい」

思わず訊いてしまった。篠村の言動は、稀郎の想像する黒幕の秘書とはかけ離れたものだったからである。言動だけでなく、屈託のないその風貌もまた、闇の世界の住人とはほど遠い。

「この車なら俺個人の私物だよ。児玉先生をお乗せするのは別の車だ」

「いえ、そうじゃなくって……」

「分かってるって。ちょいとからかってみただけさ」

篠村はさらに愉快そうに笑い、一転して静かに語り出した。

「俺はな、上海時代は児玉機関の一員として先生の下で働いていた。元は大陸浪人を気取る食い詰め者でな、筋の悪い軍閥崩れに追い込みをかけられてにっちもさっちもいかなくなってたところを、先生が拾って下さったんだ。上海では危ない橋もずいぶん渡った。墓まで持っていくしかねえ秘密もうんとこさ抱えてる。当時の機関員はあらかた死んじまったが、何人かは生き残ってて、今もあちこちに潜んでる。アメリカの軍や政府筋にも何人かいるぜ。その中で俺は今も先生のお側にいてお仕えしてるってわけさ」

闇の彼方に向けられた篠村の視線は、未舗装の田舎道を見ているようで、その実、過ぎ去った上海の幻影を望んでいたのだ。

「児玉先生はな、決しておまえさんが思っているようなお人じゃない。そりゃあいろんなことをやって儲けてはいる。俺だってそのおこぼれを頂戴して生きているから、こんな車も買えるんだ。だけどな、それも先生が大局を見ておられるからこそだ。おまえさんも覚えているだろう。敗戦直後の日本の姿を」

「ええ、忘れようったって忘れられるもんじゃありません」

「ありゃあ、ほんとに酷かった。先生は泣いておられたよ。『こんなはずじゃなかった』とな。それからの先生は、日本の復興のために生きておられるのだ」

その話が仮に事実であったとしても、額面通りに受け取るわけにはいかないと稀郎は思った。「こんなはずじゃなかった」——その述懐は、単に旧日本軍の敗北だけを意味しているようにも聞こえる。

颯爽たる快男児とも見える篠村は、元児玉機関員だった。身贔屓と呼ぶにも甘すぎる、児玉への歪んだ盲信がないとは言い切れまい。

ヤクザである稀郎は、ヤクザの真実を知っている。いかに他人を陥《おとしい》れ、いかに自分がのし上がり、生き延びるか。仁義だ任侠だときれい事をぬかしていても、つまるところ、ヤクザとは寄る辺のない屑がなるものだ。右であろうと左であろうと、御大層な思想とやらを標榜してヤクザを操る黒幕が、無垢《むく》な善人であろうはずもない。

「篠村さん、そろそろこの辺で結構です。どっか駅の近くで降ろして下さい」

どうにもきな臭い空気を感知して、平静を装いつつ切り出した。

「丁寧な上に、なかなか遠慮深いヤクザじゃないか」

篠村はどこか悪戯《いたずら》っぽい笑みを浮かべ、

「せっかくの縁だ、今夜は俺に付き合え」

「付き合うって、なんにですか」

「おまえを先生に紹介する」

あまりに突拍子もない成り行きに、稀郎は完全に絶句した。

「命の恩人が好意で言ってるんだ。付き合ってみてもバチは当たらんだろう。児玉誉士夫がどういう人間か、その目で確かめてみろ。帰りはちゃんと送ってやるから心配するな」

嫌とも言えず、ただ車の振動に身を委ねることしかできなかった。

児玉誉士夫の邸宅は世田谷区の等々力《とどろき》にあった。

敷地の隅にTR４を駐めた篠村は、夜であるにもかかわらず稀郎を伴って玄関に入った。出迎えた書生に、「先生に客を連れてきた」とだけ伝え、無遠慮に上がり込む。

「どうした、さあ、早く来い」

振り返ってにやにやと言う。

ここまで来ては仕方がない。観念して篠村の後に続いた。

静まり返った長い廊下を何度か曲がった篠村は、奥の突き当たりにある襖の前で声をかけた。

「篠村です。ただ今戻りました」

「おう、入れ」

中からの返答を受け、篠村が襖を開ける。

文机《ふづくえ》の前に座っていた和服の男が、筆を置いて振り返った。

「誰ぞ客を連れてきたそうだな」

下がり眉に小さな目。頭を丸刈りにした、木訥《ぼくとつ》な田舎親父のような風貌。しかし顔全体に脂で濁ったような曇りがある。その粘り着くような感触は確かに常人のものではなかった。記憶に誤りがなければ今年で五十二歳のはずだが、全身から発散している異様な精気のせいか、実年齢よりずっと上にも下にも見える。

「なんだ、その小僧は」

眠たげな目で稀郎を一瞥し、篠村に質《ただ》す。

「例のやんちゃ坊主ですよ、オリンピック映画のために行連を担ぎ出した」

児玉は腑《ふ》に落ちたように「ああ」と頷き、稀郎に向き直った。

「人見君、だったかな。まあ、そこに座んなさい」

予想外に優しい笑みを浮かべて言った。

「は、失礼します」

言われるままに膝を揃えて正座する。篠村も少し離れた位置に座った。

「若いに似ず、なかなか無茶をやりおるじゃないか。星野君から話を聞いて、最初はただの跳ねっ返りかと思うたが、どうしてどうして、昨今の若い衆にしては大した度胸じゃないか、ええ？　こいつは掘り出し物かもしれんと思い直したが、それだけにどう動くか見当も付かん――そこでわしは、篠村に命じて君の身辺を見張らせておったのだ」

篠村がにやりと笑って、

「御懸念の通り、この男、国領のあたりでプロの三人組に消されかけてましてね。いえ、どこの手の者かは分かりません。知ってか知らずか、相当に危ない真似をしてましたから、誰に狙われてもおかしくはない。ともかく、助けたついでに、いっそ先生にお引き合わせしようと思った次第で」

「なるほど、そういうことか」

児玉が笑うと、全身の妖気が一変して人懐こい愛嬌に変わる。稀郎は密かに舌を巻いた。さすがに右翼の巨頭と畏《おそ》れられるだけのことはある。あの永田雅一が小物に思えるほどの貫目であった。

「出る杭は打たれるどころか、機関銃で跡形もなく掃射されるのがこの世界だ。危ないところじゃったのう、人見君」

「は、ありがとうございます」

「この篠村は見た目以上に腕の立つ男でな、上海ではわしも幾度となく助けられた。なにしろ大陸の殺し屋は気合いが違う。生半な兵隊では歯が立たんような兇漢が揃っとるからな。ところで人見君、君はわしの上海時代について知っとったかな」

豪快に笑ったかと思うと、一転して鋭い視線を向けてきた。

ここでしくじるわけにゃあいかねえ——

稀郎は膝を正し、明確に答える。

「帝国海軍のため、物資を調達しておられたと伺っております。通称児玉機関。タングステン、ラジウム、ニッケルなどの物資を買い集めて納入していたほか、最も重要な情報収集活動にも一役買っておられたとか」

日本国内に鉱山や兵器工場を所有していたこと、阿片の密売に手を染めていたこと、それに上海から持ち帰ったとされる莫大な資金については触れなかった。その資金こそが、今日の児玉を作ったのだが。

「それだけか」

ぼそりと訊かれた。

ほんの少しの間を置いて返答する。

「それだけです」

児玉は「ふん」と鼻先で笑い、小さい目を一層細めて篠村を見た。

「聞いたか篠村、この坊主はわしに気を遣うてくれとるぞ」

「そのようで」篠村も嬉しそうに、「連れてきた甲斐《かい》がありました」

そして児玉は再び稀郎に向かい、

「君は戦災孤児だったと聞いとるが」

「ええ。牛込に住まう役人の家に生まれました。空襲で何もかも焼けちまって、それからはあっちこっちをふらふらと」

「ろくに学校も出とらんというわけだな」

「それにしては学があるのう」

「とんでもない。私に学があるとすれば、それは全部映画の受け売りで」

「これは面妖な。わしの映画などあったかな、篠村」

「さあて、聞いたこともありませんねえ」

ここだ――

稀郎は膝でにじり寄り、

「今度の仕事――オリンピック映画の監督擁立には命を懸けております。そのために、足りねえ頭をしゃかりきに働かせて勉強を致しました。畏れながら、児玉先生のことも知らずに手を出せるような仕事じゃありませんので。必要最低限の知識。それが私の身の丈です」

坊主頭の巨魁《きょかい》が膝を叩く。

「映画狂いの変人ヤクザか。表看板だけで人は判断できん。こうして実際に会うてみねば、なかなか分からんもんだのう」

「まったくで」

篠村が阿吽《あうん》の呼吸で合いの手を入れる。

どうやら気に入られたようだ。稀郎はほっと肩で息をつく。

「人見君」

上等そうな座布団に座っていた児玉が背筋を伸ばす。空気が変わった。

「侠客の君には今さら言うまでもないだろうが、日本全国の任侠団体を統合して反共の砦《とりで》とする。名付けて『東亜同友会』。君がオリンピック映画に懸けておるのと同様、わしもその実現に命を懸けておる。海図組の榊畑《さかきはた》君と濤星会の星野君との兄弟盃を取り持ったのもそのためだ」

思わぬところで濤星会の名が出てきた。しかし考えてみれば特段不思議でもなんでもない。児玉に言われるまでもなく、暴力世界の裏事情として稀郎もその経緯は知っていた。

今年一月に児玉は東京で東亜同友会の関東発起人集会、二月には名古屋で中京発起人集会を開催している。そして他ならぬ海図組と濤星会とが縁組を交わした二月十日の夜には、京都で関西発起人集会を大々的に執り行なった。

「しかるにだ。海図組の関東進出を快く思わぬ者達が離反し、任侠団体の大同団結という我が理想は脆《もろ》くも崩れ去った」

それもまた知っている。離反したのは主に京都、大阪の大組織で、東亜同友会は誕生の寸前で泡と消えた。

「わしはあきらめてはおらん。東亜同友会構想の挫折から今日まで、着々と手は打ってきた。それが『関東会』の発足だ。参加する各組の足並みもなんとか揃った。まさにそのときなんだよ、人見君。君が要らぬ摩擦を引き起こしてくれたのは」

唐突に地獄の釜の蓋が開いた。

いつの間にか背後に回っていた篠村が、しゃがみ込んで稀郎の肩を意味ありげに叩く。

「先生、私は決して――」

弁解しようとした稀郎を遮り、児玉は続けた。

「話は最後まで聞くもんだよ、人見君。君はオリンピック映画の監督擁立を画策した。そのため、濤星会ともずいぶんとやり合《お》うたと聞いておる。まあ、それはひとまず措くとして、オリンピックこそ日本復興の旗印であることは衆目の一致するところ。決して仲のよいない親分衆も、もともとは日本のために尽くそうという志《こころざし》がある。そこでわしは考えた。オリンピックの御旗《みはた》の前では、積年の遺恨をこらえて皆も一つにまとまってくれるだろう。となれば人見君、君とわしの目的は、案外と近いところにあるとは思わんかね」

まったく予想外のことを言い出した。想像の埒外《らちがい》すぎて、すぐには頭が追いつかない。

「ちょっと待っておくんなさい。先生はもしや……」

その先は恐ろしくて口にできない。

当の児玉がにやりと笑って引き継いでくれた。

「そうだ、わしが君の後押しをしよう。オリンピック映画の立て直し、仕切り直しを口実に、わしはオリンピック組織委員会に介入する。そしてその事実で以て関東会以外の親分衆を説得するという狙いだ」

「ですが濤星会と私とは――」

「君はせっかちなのが玉に瑕《きず》だのう」

またしても軽くたしなめられた。

「関東会という名の通り、濤星会は参加しているが海図組は入っていない。星野君にはわしからよう言うて聞かせておく。奴の顔が立つように配慮してやればええじゃろう。君もそれくらいの譲歩はしてくれるな？」

「ええ……しかし、星野会長ではなくどうして私を」

「単純な話だ。星野君はあの世界では知られすぎておる。濤星会と言えば今や警察も重点警戒対象とする組織だ。確かに君もヤクザだが、幸い白壁一家を離れて個人で動いていた。名刺にも白壁の代紋はない。この違いは大きいよ。これからも君は個人の事業家として動くことだ。え、どうだね、人見君。お互いのため、力を貸してくれんかね」

はい、と答えそうになって躊躇《ちゅうちょ》する。

こちらの魂を吸い込まんとしているかのように、児玉の目が異様な光を放っていた。

直感が、本能が、何かの信号を発している。だが、なんの信号なのかは分からない。もどかしさが大粒の汗となって首筋を伝う。すぐ後ろにいる篠村の気配も不気味であった。

「お言葉ですが、それだけじゃないでしょう」

思いつきで口にする。

「まだ何かありますね？」

児玉はいよいよ上機嫌になった。

「これは予想以上の拾い物だな、篠村よ」

「いや、私もこれほどのタマとまでは」

篠村も驚いているようだった。

曖昧で思わせぶりな言い方が、かえってあちらの勘所を衝いたか。

「いいだろう。君を国士と認め話してやる。聞いたら最後、もう後戻りはできんが、それでもいいか」

嫌だと答える選択肢はない。

「ようございます」

「君に説明は不要だろう。敗戦直後、警察の頼みで三国人の暴力から国民を守ったのは他ならぬ侠道界の男達だ。日米安保のときもまた然《しか》り。だがオリンピックを開催するまでに日本が復興を遂げた今、政治家どもはヤクザを目の仇にし始めた。この際だ、はっきり言おう。現在の主流派たる官僚派が、ヤクザから利権を取り上げ、自らの物にしようとしているのだ。彼奴《きやつ》らにとっては、オリンピックも政争の具にすぎん。それはオリンピック組織委員会や菱伴の内紛にも関わっておることだ」

ぼんやり聞いていると大義を語っているかに聞こえる。しかし、それはそのまま、当の児玉にも当て嵌まるのではないか。少なくとも戦前の大陸で暗躍した人物が、そんな真っ当な大義を口にする資格はないだろう。

こちらの疑念などすべて見透かしているのか、児玉の視線が鋭さを増す。

「なればこそだ。なればわしらがもの申そう。官僚派の増長をこれ以上放置しておくわけにはいかん。ここでわしらが動かねば、日本はそれこそ国家百年の計を誤りかねん」

要は何もかもが〈政争〉につながっているという仕掛けだ。

馬鹿馬鹿しい、知ったことかと稀郎は思う。

しかし乗らぬ手はない。この満艦飾の大戦艦に。

――場合によっては、天下の児玉誉士夫が君の後ろ盾になってくれるかもしれんぞ。

永田雅一がそんなことを言っていた。期せずして、それが現実のものとなったのだ。

「よっく分かりました」

深々と頭を下げる。

「御覧の通りの弱輩ですが、どうかよろしく御指導のほど、お願い申し上げます」

まったくの予定外であった夜の面談はそこで終わった。

約束通り、篠村が都心まで送ってくれるという。

「俺はてっきり、断るだろうと思ったがな」

TR4のドアを開けながら、篠村がぽつりと言った。

稀郎は愕然《がくぜん》として顔を上げる。

「断るって、私がですかい」

つい先ほどまでの態度とはまるで異なる言いようだった。

「考えてもみろ。児玉誉士夫だぞ。きれい事だけを唱え続けてここまで来られると思うのか。どんなお題目がくっついていようと、分かりやすく言やあ、日本をもっと自分の都合のいいようにしようって肚だ」

混乱する。篠村は児玉の秘書にして股肱の臣《ここうしん》ではなかったのか。

「私もヤクザの端くれですよ。それくらい、分かってて乗るのは当たり前なんじゃございませんか」

「そうだな。しかしおまえさんはどこか甘い。断るような気がしたんだよ、なんとなく」

「じゃあ、一体なんでまた私をこんな所に連れてきたんですかい」

「面白いと思ったからさ。おまえさんと先生を引き合わせたらどうなるかってな。だが、横で話を聞いているうちに、段々とおまえさんが予想以上に変わってるってことが分かってきてな」

こちらはいよいよ以て分からない。

「夜露は毒だ。早く乗れ」

幌を取り付けたＴＲ４に乗り込む。篠村はすぐに車を出した。

「全体、あんたは先生の味方なんですかい、それとも敵なんですかい」

「決まってるだろう。俺は先生の秘書なんだぜ」

「だったらどうして――」

篠村は口許にうっすらと笑みを浮かべ、

「児玉機関を甘く見るなよ。俺達が大陸で何をしてきたか、想像くらいはつくだろう」

一瞬で体が冷えた。秋の夜寒も加わって、その冷気は心から凍えるほどに強烈だった。

「俺はどこまでも自分のために動いている。先生の下についているのも、自分のためだ。そんな処世術を叩き込んでくれたのが、他ならぬ児玉先生だ」

「じゃあ、もし私が先生の邪魔になるようなことをしたらどうします？」

「それを訊こうっていうのかい。だからおまえさんは面白いんだ」

その言の通り、心から愉快そうに篠村は笑った。

「よし、答えてやろう。そんな場合は、まず殺す。だが、状況次第、気分次第で生かすかもしれん。全部引っくるめておまえさんの運次第というとこだ」

もはやどう応じていいかさえ見当もつかない。

ハンドルを握る篠村は、こちらの様子を楽しむように横目で見て、

「安心しな。今夜おまえさんは満点の答案を出した。先生も上機嫌だ。明日からはおまえさんの後ろにゃ児玉誉士夫が付いている。だが気をつけろ。潮目と風向きはいつ変わりやがるか知れたもんじゃねえ。それから、俺は俺のために動いている。そのことも覚えておいた方がいいぜ」

「心します」

そう答えるのがやっとであった。

アクセルを踏み込んで、篠村は戯《ざ》れ歌のような調子で呟いた。

「いけねえな。今夜の俺は、親切すぎて別人みてえだ」

14

翌日、稀郎は篠村とともに丸《まる》の内《うち》の菱伴物産本社に乗り込んだ。

背広姿の似合わぬ稀郎に対し、髪を丹頂のチックで固めた篠村は、男性化粧品の広告に登場するモデルのような男ぶりであった。

受付に直行し、伊那部副社長との面会を求める。

「お約束はございましょうか」

受付嬢に尋ねられたが、そんなものがあるわけはない。

篠村は自分の名刺を差し出して、

「この名刺を伊那部さんにお渡し下さい。それだけで結構です」

「少々お待ち下さい」

心なしか、受付嬢は頰を染めて奥に引っ込んだ。

篠村の渡した名刺には『児玉誉士夫 個人秘書』の肩書が記されている。

間もなく、受付嬢より先に中年過ぎの重役らしい男が飛んできた。

「失礼を致しました。副社長がお会いになるそうです。どうぞこちらへ」

最上級の客専用らしい応接室へ通された。すぐに上等の茶が出される。口を付ける間もなく、禿頭の老人がせかせかとした足取りで入ってきた。

「お待たせしました。伊那部です」

天下の菱伴物産の副社長が、明らかに緊張の窺える声で挨拶し、腰を下ろす。

「篠村さんは児玉先生の秘書でいらっしゃるとか」

「はい。急にお訪ねして申しわけありませんでした」

「いやいや、気にせんで下さい。それで、今日はどういった御用件でしょうかな」

稀郎が立ち上がって自分の名刺を渡す。

「人見エージェンシーの人見稀郎と申します。以後お見知りおきのほどを」

「人見?」

受け取って怪訝そうに眺めていた伊那部の表情が、急激に険しいものへと変化していく。名刺に記された社名と名前に心当たりがあったのだ。

「どうやら用件の方はお察し頂けたようで」

落ち着いた態度で稀郎が告げると、伊那部は愕然としたように顔を上げた。

「もしや、オリンピック映画の件かね」

「その通りで」

わざと低い声で言う。伊那部はいよいよ狼狽《ろうばい》し、

「馬鹿な、どうして児玉先生が」

「勘違いをしないで下さい。確かに児玉先生は錦田欣明の大ファンでいらっしゃいますが、私のビジネスとは一切関係ございません」

「しかし、現に児玉先生の秘書が――」

反論しようとした伊那部を篠村がにべもなくはね除《の》ける。

「私は副社長に人見稀郎氏を紹介するよう、児玉先生から言いつかって参りました。それ以上は存じません」

伊那部もさすがに憤然となって、

「どうやら君らは事情を知らされておらんようだね。帰って児玉先生にお伝え頂きたいのだが――」

「鎌谷先生には児玉先生の方から直接電話が行っている頃かと思いますよ」

精一杯の威厳を保とうとした相手に、稀郎が用意の言葉を放つ。

「児玉先生は鎌谷先生を政治家として大いに評価しておられ、日頃から多額の献金をなさっておられます。それもこれも、鎌谷先生の器量ゆえと私どもは理解しておりま

す。伊那部副社長も鎌谷先生とは御昵懇の間柄とか。私の申している意味も正しく御理解頂けるものと信じております」

伊那部がぶるぶると震え出した。額に癇筋《かんすじ》が浮かんでいる。

「君らは、何をやっているのか分かっておるのか。伝統ある菱伴を脅迫しとるのだぞ。それも白昼、菱伴の本社でだ」

「妙なことをおっしゃいますね。私はオリンピック記録映画監督の人選について、伊那部副社長の御意見を伺いに参ったまで。そのために児玉先生に御紹介をお願いした次第でして。国威発揚のためオリンピックの成功を誰よりも望んでおられる児玉先生は、もったいなくも私の案に耳を傾けて下さり――」

「もういいっ。帰りたまえ。公案研究会の力は児玉先生も御存じのはずだ。君らでは話にならん。この件についてはこちらで決める。下っ端の出る幕ではない」

「公研に政党を作ろうという動きがあるって話ですか。聞いてますよ。私のような下っ端でもね。宗教団体が政党を作る。なんだかおかしな話ですよね。鎌谷先生も新政党の力を借りてもう一花とでも夢見てらっしゃるのかもしれませんが、そんなことはどうでもいい。菱伴の派閥争いにも興味はない。問題は一にも二にもオリンピックの成功だ。そのためには、どんなことも厭《いと》わぬと児玉先生はおっしゃっておられた」

最後の部分に持たせた含みを、伊那部は敏感に察知した。

「何が言いたい」

「児玉先生は『東京スポーツ』をはじめとするマスコミのオーナーでいらっしゃる。そこにはいろんなトップ屋が出入りしてましてね。ありとあらゆるスキャンダルが日々刻々と集まってくるって寸法だ」

激昂していた伊那部が声を失う。

児玉誉士夫が各種の新聞や雑誌を支配しているのは事実である。実際に、稀郎は伊那部に関する醜聞の報告書を篠村から渡され、熟読してから来たのであった。

「人間誰しも叩けば埃が出るものだなんて、誰が言ったか知りませんが、その通りでございますね。ねえ伊那部さん、そのお年で女遊びはほどほどになさった方がよろしいですよ。相手が玄人なら誰も文句は言いますまい。ただね、元華族のお嬢様は少々まずかったですね。しかもお父上は高裁の判事様だ」

完全に黙り込んだ伊那部を見据え、稀郎はソファから立ち上がった。

「いいか、オリンピックの監督は錦田だ。てめえが社長の堺と反りが合おうが合わなかろうが俺っちの知ったこっちゃねえ。ただしつまらねえ喧嘩は社内でやってろ。日本の面子がかかったオリンピックを巻き込むんじゃねえ。分かったな」

本性を露わにして啖呵《たんか》を切り、同時に立ち上がった篠村とともに応接室を後にした。

その日のうちに、南沢から連絡があった――「佐渡原サトシの線は立ち消えになった」と。

児玉誉士夫の威光は絶大であった。

しかも児玉は、海図組にも話を通してくれていた。こうなると濤星会も飛本組も文句は言えない。むしろ長年の商売敵が急に味方になったような感さえあった。

今や文字通り敵はない。これまでの停滞が嘘のように、人見エージェンシーによる錦田擁立の根回しは順調に進み始めた。

公案研究会は着々と新政党の準備を進めている。結党の暁には、日本の政界にとって長く大きな影響を与える存在となることだろう。それがよい影響なのか悪い影響なのかは分からない。おそらくは、いや、間違いなく後者だろうが、稀郎にとってはどうでもいい。

一方で行連の畝本簑助はというと、地元財界を中心に相変わらず権勢を振るっているばかりか、オリンピックに関連する新たな利権に食い込もうと欲を出したらしい。

錦田擁立のため行連や畝本に接触したのはこちらの方だが、既得権益を元にした行連の横暴を日常的に眺めていると、彼らを利用しようとした自らに対する嫌悪が募ってくる。

在日朝鮮人、被差別部落民、混血児、障害者。日本人の心の中には根深い差別が根付いている。彼らは果敢に差別と闘った。理不尽な邪悪に打ち克つには強大な力が必要だ。闘いの過程で一定の成果は得たが、同時に一部の者達が清廉とは言い難い力を身につけた。その一部始終から目を背け、「見えないもの」「関わりのないこと」としてやり過ごす。それが日本のありようだ。敗戦はそれを是正する千載一遇の機会であったはずなのに、日本人は変わらなかった。暗い闇を引きずったまま、「光り輝く未来」を夢想する。度し難い愚かさだ。

そんな思いに耐えかねて、映画館へと逃避する。

我を忘れて没入するにはやはり大スクリーンがいい。東銀座の松竹セントラルで『ソドムとゴモラ』を観た。監督がロバート・オルドリッチだったから入ってみたのだ。何年も前に三番館で観た『ベラクルス』や『キッスで殺せ！』がやたらと面白かったという記憶があった。

『ソドムとゴモラ』がキリスト教の宗教劇だというのは知っていた。しかし、あのオルドリッチとは思えぬほど予想外に冗長だった。退廃と堕落の街が、神の怒りに触れて滅んでいく。稀郎には、まるで他人事《ひとごと》とは思えなかった。

こりゃあ、ほとんど今の東京じゃねえか――

キリスト教を仏教に置き換えて現在の日本を舞台に翻案すれば、などとぼんやり考えたりした。題材の身近さが面白さに結びつくとは限らないところも映画の怖さだ。大作らしい重厚な映像が頭に入らず流れ去っていく。古代人の受難より、現実の方がそれだけ切実で重苦しいということか。稀郎は途中で席を立った。

日本は戦争で多くの物を失った。そして代わりに何を得たのか。

オリンピックという名の馬鹿騒ぎだ。

来年は待ちに待ったオリンピックだ――日本中がそんな気分に浮かれている。

どこに行っても〈オリンピック〉の押し売りだ。

「オリンピックまであと〇日」という表示をそこかしこで見かけるばかりでなく、テレビのコマーシャルでも「オリンピックを観に来る外国のお客様のために街をきれいに」とのべつまくなしにやっている。

街の英会話教室では「オリンピックのために英会話を学びましょう」と宣伝に余念がない。他も推して知るべしだ。

ただ浮かれているだけならいい。全国民が目尻を吊り上げ、「オリンピックのために」などとほざいている。まるで戦時中の標語のように。それもまた少しも変わらぬ日本人の習性だ。

外国人に汚い街は見せられない。御上からそう言われると――あるいは言われなくとも――各地の町内会が一斉にドブ浚《さら》いを始めたりする。

わざわざ路地裏を見物に来る観光客がいるものか。そんな当たり前の疑問を口にしただけで非国民扱いされるだろう。そもそも疑問に思う者など一人もいない。日本中が右にならえだ。

一般の善男善女だけではない。濤星会の星野会長が「オリンピックが済むまでヤクザ者は東京から地方へ引っ込んでいよう」と言い出したりする。これで大勢のヤクザがやむなく東京から所払いだ。笑い話にもなりはしないが、星野も他の親分衆も、もっともらしい顔で「お国のため」だと思い込んでいるところが救われない。

もっとも星野の場合、自腹で韓国人選手の渡航費用や滞在費用を出そうとしているそうだから、一人の在日韓国人として何か特別な想いがあるのかもしれない。

本末転倒と言うべきか、むしろその逆か。オリンピックの利権について調べるうちに、オリンピックそのものについても詳しくなった。

オリンピック憲章第三条にはこう記されている。

［オリンピック運動の目的は、アマチュア・スポーツの基調を成す肉体的努力と道徳的資質とを若人の中に奮い起こさせ、併せて四年ごとに行なわれる利害関係抜きの友好的な競技会に世界の競技者を参集させることによって、人類の平和の維持と愛に貢

献することにある」

その文言を目にして、稀郎は嗤った。

まるでこう書いてあるかのように読めたからだ――「利害関係抜きの友好的な競技会に世界の競技者を参集させることによって、利害関係だけの敵対的な俗物を参集させ、権力の維持と利殖に貢献することにある」

また近代オリンピックの創始者であるクーベルタン男爵はこう言っている。

「人生で一番重要なことは勝利者であることよりもいかに努力したかにある。正々堂々と奮闘することにより人間愛が正しく成長し、健全幸福な世界観を作り得る」

これは、こうだ――「人生で一番重要なことはいかに努力したかより勝利者であることだ。正々堂々と暗躍することにより人間憎悪が正しく成長し、一部の権力者にとってのみ健全幸福な世界観を作り得る」

今度の仕事に関わる前には、別に気にもならなかったことなのに、今ではオリンピックと聞くだけで虫酸《むしず》が走る。

それでいて、オリンピック映画のために血道を上げているのだから人間てのは不思議なものだ――

またも他人事のような感慨に耽《ふけ》ってしまう。

そんな稀郎の内心とは関係なく、人見エージェンシーの社内も世間並みになんとなく浮き立つような高揚感に包まれていた。

錦田の擁立案は桑井ら小委員会の強力な根回しと映画業界の後押しもあって、かなり有望との感触を得ていた。しかも桑井は、年明けに予定されている最初の組織委員会全体会議で、錦田を正式に推薦するつもりだと明言している。菱伴物産の南沢と日東体育大学の山畑も当然ながら異論はない。主導権を巡って対立していた鎌谷謙吉、川久保悌蔵双方への根回しも済んでいる。

こうなれば、もう勝ったも同然だった。


昭和三十八年の秋もいよいよ深まってきた頃のことである。多摩川にある大映東京第二撮影所の一隅で、稀郎は大勢のスタッフ達と映画界の噂話に興じていた。

大道具の一人が、何かの弾みでNHKの大作ドラマ『花の生涯』を話題にした。それまでテレビドラマは三十分枠が主流であったが、「テレビでも映画に負けない作品を」との掛け声の下、歌舞伎界から尾上松緑《おのえしょうろく》を主演に迎え、鳴り物入りで制作、放映中の話題作であった。

放映第一回から香川京子《かがわきょうこ》、淡島千景《あわしまちかげ》ら映画スターが顔を揃え、さらにはこの作品で松竹の看板スターであった佐田啓二《さだけいじ》が初めてテレビに出演したことで、映画スターのテレビ出演に拍車をかけた。

「このままじゃ、五社協定も有名無実となりにけり、だねえ」

彼の漏らした一言は、その場にいた者達の胸を刺した。専属制である映画スターの他社出演を禁じた〈五社協定〉は、大手映画会社による市場独占の象徴であり、またスターの神秘性を担保するものでもあった。

数年前のミッチーブームもあって飛躍的に普及したテレビは、映画界を着実に脅《おびや》かしつつある。そのことに不安を覚えぬ映画人はいない。来年に迫ったオリンピックは、テレビ普及の決定打となるだろう。

「五社と言えば、『三匹の侍』や」

別の男が、秋に始まったばかりの新作ドラマの題名を上げた。

「知っとるか、あれは五社英雄《ごしゃひでお》ちゅう奴がやっとんねんて。あんまり認めとうはないけど、現代的ゆうんかなあ、ようでけとるわ」

また別の誰かが混ぜっ返す。

「あんなの、黒澤の真似じゃねえか」

関西弁の男は否定もせずに頷いて、

「そら誰かて観ただけで分かるわ。もとは確かに黒澤やろ。第一、音がごっついしな。よっぽど好きなんやろな。そやけど、わしらにはやろ思てもでけへんで」

その指摘もまた一同の心を重くした。

「なんでえなんでえ、どいつもこいつもそのツラは」

一人、稀郎のみが皆の不安を笑い飛ばした。

「テレビに出るスターなんざ、しょせんは小せえ星なのさ。第一、あんなちまちました小せえ画面じゃ、どこの誰かも分からねえ。顔に自信がねえからテレビに出るのさ」

撮影所の男達は声を上げて笑った。

「さすがは人見の兄貴だ、俺ァ胸がスーッとしたぜ」「俺も」「おいらもだ」

皆口々に稀郎を褒めそやしながら寄ってきた。

「おめえらは今日まで映画を支えてきた一騎当千の強者《つわもの》じゃねえか。おめえらが腕を振るっている限り、テレビなんざ怖かねえ。あんなもの、すぐにみんな飽きちまうに決まってるさ。考えてもみねえ、映画とは迫力が違うよ迫力が」

景気のいい稀郎の弁に、一同は心底感激したようだった。

「兄貴さん、嬉しいこと言ってくれるねえ」

そうだ。昔気質《かたぎ》の映画人は皆、迫り来る不安を追い払う言葉を求めていたのだ。自分達の腕と功績を会社の重役以上に認めてくれる理解者を心底から欲していたのだ。

稀郎はそれを理解している。いつ、どこで、何を言うのが適切か。

人の心理を読み、利用するのがヤクザのならいだ。小ずるい己を嘲笑《あざわら》いつつ、稀郎は忙しく動き回った。

そんな日々を過ごすうち、稀郎は多くのスタッフから喝采と信望を得た。

行け——このまま突っ走れ——

自分自身がオリンピックのマラソンランナーにでもなったような気分だった。観衆の声援が聞こえる。それが競技選手に対するものか、上映されている映画に対するものかは分からない。ひょっとしたら、出征する学生達へのものかもしれない。

東京オリンピック組織委員会事務総長の与謝野秀《よさのしげる》らは、十一月五日、東宝撮影所で『赤ひげ』撮影中の黒澤明を訪ね、監督就任を再度懇願しているが、取り付く島もないといった対応で追い返された。

稀郎にしてみれば「何を今さら」と鼻で笑うしかない。映画人の性質と現場というものの実情をまるで理解していない殿上人《てんじょうびと》の道化ぶりであった。

いつしか稀郎は、本気で映画に夢を見ていた。

戦争で負けた日本人は、今度のオリンピックで日本を完全に立て直そうと懸命だ。そのことに疑問を抱かぬ愚かしさには付き合い切れない。

しかし、もともとが嘘でできた映画だけは嘘をつかない。スクリーンに映っているものこそが真実だ。そしてそれは、永遠に残る。

自分は映画で、あらかじめ奪われた者達の復権を成し遂げる。

そして、仇を取ってやるのだ。

死ぬと信じた戦争で死ねず、やり場のない憤懣を全身に刻むしかなかった花形の仇を。

二十年前のあの日、降りしきる雨とともに歴史の中に埋もれて消えた兄の仇を。

15

十二月に入って、自民党の全議員宛にある声明文が届けられた。

『自民党は即時派閥争いをやめよ』と題されたその文章には、「自民党が派閥抗争を繰り返している間に左翼勢力が革命の機会を狙っている」といった内容が綴《つづ》られていた。

議員達が目を剝いたのは、末尾に記された署名であった。個人ではない。全部で七団体。神倫会《しんりんかい》、濤星会、上辰連合《じょうしんれんごう》など、全国的に知られた暴力団の組織名が記されていたのだ。

時を置かずして、今度は議員達に右翼の実力者達による連名で、派閥解消を求める抗議文が届けられた。

暴力団や右翼が堂々と政治に介入しようとしてきたのである。当然自民党議員、ことに官僚派の激しい反発と怒りを招いた。

稀郎がそれを知ったのは、松竹撮影所の食堂で遅い夕飯をかき込んでいるときだった。ふらりと入ってきた篠村が、稀郎の向かいに腰を下ろしておもむろにそんなことを話し出したのだ。

このところ新聞を読んでいなかった稀郎は、食べかけの丼《どんぶり》を置いて確かめずにはいられなかった。

「そりゃあ、もしかして、児玉先生が仕掛けたことですかい」

「その通りだ」

篠村は近くにあった薬罐と湯呑みを引き寄せ、薄い番茶を注ぎながら答えた。

「そんなことをすりゃあ、政府や警察が嫌でも動く。こっちの仕事がやりにくくなるだけじゃないですかい」

「そうだろうな」

他人事のように言って篠村は番茶を啜っている。しかしよく見ると、その顔はこの上なく苦い何かを無理やり飲み下しているようだった。

「分からねえ。児玉先生は俺の後押しをすると約束してくれた。せっかくオリンピックの件がうまく運んでるってときに、先生はなんでまた……」

「だから言ったろう、人見の兄さんよ。潮目と風向きはいつ変わるか知れたもんじゃねえってな。オリンピックを口実に海図組や関西の大組織を説得する。そんな悠長なことをやってる暇がなくなったってこった」

児玉誉士夫の周辺で一体どういう変化があったというのか。

「もっと言ってやろうか」

テーブルに肘をついて篠村が半身を乗り出した。そして囁くような小声で言う。

「そもそも先生にとって、ヤクザは武力であり実行部隊でしかない。任侠だの義理人情だのってもんは映画の中にしかねえってことくらい、本職のおまえさんなら先刻承知だろう」

「ええ、そりゃまあ」

今年の三月に大ヒットした『人生劇場　飛車角』を思い浮かべながら、曖昧に頷いた。

「先生はな、ヤクザを反共の道具に利用してるだけだ。ヤクザを使って政治家に脅しをかける。現にすっかりびびっちまった胆の小せえ野郎もいるって話だぜ」

「狙いはアカ退治ってわけですかい。でもヤクザの方だって――」

「そうだ。アカは許せねえ、この日本から追い出すべしって焚《た》きつけりゃ、ヤクザも右翼も分かっていながら乗ってくる。愛国者気取りが奴らの身上だからな」

戦前の軍部も愛国心を利用した。そして日本はこれ以上ないくらい悲惨な目に遭った。あの苦しみを忘れでもしたかのように、同じ過ちを繰り返そうとする者の考えなど理解できないし、したくもない。だがそれを口にすると、また篠村に「変人ヤクザ」と嗤われるだけだろう。

「篠村さん、あんた、前に私に言いましたね、児玉先生は大局を見ているとか、日本の復興のために生きてるとか」

「ああ、言った」

「日本を自分の都合のいいようにしようとしてるとも言っていた。一体どっちがほんとなんですか」

「どっちも本当さ」

篠村はさらりと言ってのける。

「先生にとっての理想の日本が、アカのいない国だってことさ。そのためにはどんなことだって平気でやるだろう。それが児玉誉士夫というお人だ。もう一つ、最初に届けられた声明文の連名の中に『上辰連合』が入っていた。そこの会長の丘崎《おかざき》って男は、俺と同じ、児玉機関の生き残りなのさ」

驚いて篠村を見つめる。

ヤクザ社会で生きる者として、上辰連合会長丘崎小治郎《こじろう》の名前は知っている。児玉誉士夫をはじめとする黒幕や右翼の巨頭と近しい関係にあるという話も聞いていた。しかし、児玉機関の出身とまでは知らなかった。

「丘崎も俺も上海ではいろいろやったもんだ。奴は俺よりちょいとばかり年上で、ヤクザで言えば兄貴分のような人だが、どうにも反りが合わねえ。先生もそれは分かってて、だから俺にはおまえさんの手助けを命じる一方で、丘崎にはヤクザ統合の方を進めさせたんだ」

「そいつはあんまりじゃないですかい」

「あんまりって、俺にとってかい。それともおまえさんにとってかい」

自嘲とも思える笑みを浮かべ、篠村は横目でこちらに視線をくれた。

「両方ですよ、私にとっても、篠村さんにとっても」

かろうじて間を置かず答えられた。

「まあいい」

篠村は壁に貼られた井上梅次《いのうえうめつぐ》の新作映画『踊りたい夜』のポスターに目を遣って、

「ヤクザになったくらいだから、丘崎は今度の仕掛けに大の乗り気だ。それだけに俺達のやってることが気に食わねえらしい。ことあるごとに嫌味を言ってきやがる。俺も先生のお申し付けで動いてるっていうのによ」

同じ児玉門下でも派閥はあるのか。いや、もともとが非合法活動を行なってきた謀略機関だ。門下などと言えたものではない。戦時中は知らず、互いに対抗心くらい抱くこともあるだろう。

「俺達のやることはこれまで通りだが、そういうわけだ、これからは何が起きるか分からねえ。おまえさんもせいぜい気をつけるこったな」

それだけ言うと、篠村は飄然《ひょうぜん》と去っていった。

すっかり冷めてしまった丼を見つめながら考える。丘崎会長は赤坂のナイトクラブ『ニューラテンクォーター』の顧問も務める実力者だ。篠村の話が本当だとすると、確かに何が起きるか分からない。

「あの、人見さん」

声をかけられ顔を上げると、新人の大部屋女優が二人、もじもじと互いに肘でつつき合うようにして訊いてきた。

「今の人、ウチの会社じゃないと思うけど、どっかのニューフェースですか。東宝？それとも大映？」

「凄くカッコよかった。苦み走ったいい男ってよく言うけど、ホントそんな感じ」

「あたし達、もうテッペンからシビレちゃった」

「もしよかったら今の人、あたし達に紹介してもらえませんか」

「あ、もちろん人見さんにもサービスしちゃうから。ねっ、この通り」

答える気にもなれず、食いかけの丼を残して何も言わずに席を立った。「なにさ、ケチね」「妬《や》いてんのよ」背後でそんな呟きが聞こえたような気がしたが、振り返らずに出口へと向かった。

事務所に戻ろうと撮影所を出た。最初に気づいたのは国電に乗っているときだった。

同じ車輛の隅に立っているコートの男。たぶん刑事だ。仕事柄、イヌの臭いには鼻が利く。試しに大崎《おおさき》で乗り換えると、案の定付いてくる。恵比寿で都電に乗ってみると、ドアが閉まる寸前、セルロイド縁の眼鏡の男が駆け込んできた。窓の外に目を遣ると、コートの男が雑踏の中からこちらを険しい視線で睨んでいる。眼鏡の男は、何食わぬ顔で運転席近くの吊革につかまっていた。

なるほど、尾行の交替か――

面倒なので放っておくことにした。どうせ自分の身許も会社の場所も知られている。今さら尾行されたところでどうと言うことはない。

警察がここまであからさまな尾行を行なうのは、何かを突き止めるためではなく、こちらを威嚇するためだ。おまえのことを見ているぞ、と。

勝手にしろと言ってやりたいところだが、ついさっき聞いたばかりである篠村の話を考え合わせると、どうにも不気味でならなかった。

オリンピックの美名の裏で、欲にまみれた魑魅魍魎が蠢いているのは知っていた。承知の上で引き受けた仕事である。しかしオリンピックにも映画にも関係のない、自分の関知しないところで、抗うすべもない大きな流れのようなものに巻き込まれるのは嫌な気分だ。

その気分には覚えがある。自分の記憶している限りでは、日本中があまりに無惨な敗戦へと突き進んでいた頃だ。あの頃のことは、自分より年長の人間ならもっと鮮明に覚えているはずではなかったか。しかしそんなことなど忘れたように、政治家も庶民も、同じ渦に飛び込んで、同じ愚行を繰り返す。

不安が悪寒《おかん》となって足許から這い上ってくる。篠村の話が本当だとすると、自分達の進めているオリンピック映画はどうなってしまうのだろう。状況があらぬ方へと際限なく引きずられていく。それこそかつての日本のように。

権力者への追従《ついしょう》、あるいは自己保全のために、警察はいざとなったらなんでもやる。躊躇のなさはヤクザなど足許にも及ばない。

こいつはマジで用心した方がよさそうだ──

篠村の忠告を嚙み締めながら、原宿セントラルアパートに入る。尾行はいつの間にか消えていた。

翌日は鎌倉《かまくら》で、錦田の新作のロケ撮影に立ち会った。錦田としてはいいかげんオリンピック記録映画の準備に専念したいようだが、会社の決めた企画は断れない。量産を絶対条件として要求される社員監督のつらいところだ。それだけに、一日も早く一流監督と認められ、好条件を獲得しようと焦っている。

『向かい風の中に立て』に続く新作は『おふくろ涙の子守歌』。題名を聞いただけで分かる〈母もの〉だ。シナリオにも目を通したが、通俗臭がきつくて辟易《へきえき》する。これを名作とまではいかなくても、そこそこ評価の得られるレベルに持っていくのは相当な困難が予想された。

二週間でそれなりの興行を終えた『向かい風の中に立て』はともかく、ロングランとなった『望郷の流れ者』は依然好調を維持してくれているが、今度ばかりは錦田も演出にキレがない。オリンピック映画の監督に未だなれずにいるという苛立《いらだ》ちもあるのだろう。集中力も途切れがちで、そのつど中断が入るからスタッフにも疲労が蓄積していく。まずい流れであった。

横にいる稀郎自身も、事務所から撮影所までこれみよがしに付いてきた警察の尾行に、自分でも意外なまでの消耗を感じていた。気にする必要はないと思ってみても、向こうは対象を心理的に追いつめるすべに長けている。分かっているだけに腹立たしさもひとしおであった。

「監督、ちょっとすみません」

サード助監督の松井《まつい》が声をかけてきたのは、キャメラを回す直前であった。「ヨーイ……」と言いかけていた錦田は、せっかく高めた集中力に水を差されて不機嫌そうに怒鳴った。

「なんだ君は、こんなときに」

錦田だけでなく、キャメラマンや周囲のスタッフ、それに俳優達の怒りの視線を浴びて、かわいそうなくらい畏縮《いしゅく》した松井がしどろもどろになって告げる。

「あの、警察の人が、責任者を呼べって……」

彼の指差す方を見ると、制服警官が五人、険しい目でこちらを睨んでいる。

プロデューサーの後藤《ごとう》、チーフ助監督の今沢《いまざわ》、監督の錦田、それに稀郎が急いで警官達の方へ向かう。

「あんたらね、ちゃんと許可は取ってるの」

警官の一人が尊大な態度でいきなり大声を発した。

稀郎達は反射的にチーフの今沢を振り返る。

憤然として今沢は答えた。

「もちろん取ってます」

「じゃ許可証見せて」

今沢は台本と一緒に抱えていた書類の束から、数枚の紙片を抜き出して警官に渡す。

それを一瞥した警官が、わざとらしい声を上げた。

「うーん、これ、書類不備なんじゃないかなあ」

「どれどれ……あ、ほんとだ、そのようですねえ」

「あー、駄目だねえ、これじゃあ」

他の警官達も回し読みしながら次々と言う。

「そんな馬鹿な。いつもこれでやってるんですよ。一体どこが不備だって言うんですか」

今沢の抗議に、

「ほら、ここ、当該地区の番地がない。これじゃ撮影は認められないねえ」

後藤が真っ赤になって反論する。

「それはロケの規模や見学者数が未確定だからで、大体何丁目かくらいまで書かれてればいいってことになってんですよ」

「いいってことになってるって、誰が決めたの」

「それは、これまでの慣習で……」

「法令よりも慣習が優先するって、それは通らないよ。現に交通妨害だって苦情も来てるし、他にもいろいろ違反してるよ」

「いろいろって、なんですか」

食い下がる後藤に、警官は言葉を濁す。

「騒音とか、安全とか、まあそういうのだよ。とにかくさ、早いとこ解散して」

後藤より先に錦田が激昂した。

「ふざけるな、これまで鎌倉で一体どれだけの名作が作られてきたと思ってるんだ。おまえらも知ってるだろうっ」

わめき散らす錦田を、今沢と稀郎が懸命に押さえつける。

「監督っ、落ち着いて下さい、監督っ」

「名作、名作って、別にあんたが作ったわけじゃないよね」

若い警官が鼻で笑う。錦田にとっては最も屈辱的な一言であった。

「この野郎っ」

「なんだったら公妨を付けてもいいんだぞ」

錦田の形相《ぎょうそう》に後ずさりながら、警官達が言う。ここで監督を持っていかれたらそれこそ撮影はおしまいだ。

「分かった、みんな、今日は一旦引き揚げよう」後藤が決断した。「今沢、早く監督を車に乗せろ」

「はいっ」

駆け寄ってきたセカンドとサードも協力して錦田をロケバスに押し込める。続いてスタッフや俳優が次々と乗り込み、逃げるように撤収した。

現場を去るバスの窓から、稀郎はさりげなく外を窺う。五人の警官は勝ち誇ったような顔をして嗤っていた。

畜生、こんな手で来やがったか――

車内では錦田の怒号がやまなかった。後藤は蒼い顔をして頭を抱えている。

錦田には、後で状況を説明した方がいいだろう。そうしなければあの怒りは治まるまい。よけいに激昂するおそれもあったが、やむを得ない。撮影を中断させられた監督の怒りには凄まじいものがある。今は錦田の暴走を防ぐことが先決であった。だがそれもしょせんは一時的な処置にすぎない。

なんとかこの状態を打破しなければ、オリンピックどころではなくなってしまう――

狭いロケバスの中で、稀郎は丸めた台本を強く握り締めた。

永田雅一に相談するため大映本社を訪れた稀郎は、面会することさえ叶わず虚しく帰途に就いた。

政界の動き。そして永田にとって盟友とも言える児玉の思惑。いずれを取っても、関わらぬに越したことのない状況だ。永田が自分との面会を避けたのも、一概に責める気にはなれなかった。

事務所に戻ってドアを開けた途端、真っ青な顔をした泰子が走り寄ってきて告げた。

「社長、お客様がお待ちです」

ただの客ではないのだろう。泰子を押しのけるようにして室内に踏み入ると、応接用のソファに座っていた和服の〈客〉が振り返った。

「遅かったな。邪魔してるぜ」

まさか——

驚愕に声を失う。会ったことはない。しかし新聞で写真は何度も目にしている。

稀郎は頭を深く下げて挨拶した。

「お待たせをしたようで申しわけありません、丘崎の親分さん」

「なあに、こっちが勝手に押しかけてきたんだ。気にしねえでくんな」

上辰連合の丘崎会長は軽く片手を振って笑った。

泰子が怯《おび》えるのも道理である。壁際にはボディガードらしき屈強な男が三人。丘崎と向かい合って座っている中年の男は初めて見る顔だった。なんの特徴もないのっぺりとした顔だが、身なりだけはやたらといい。

「こちらは岸先生の秘書で川端《かわばた》さんとおっしゃる御方でな、わざわざ足を運んで下さったんだ」

「岸先生？　あの、どちらの岸さんで……」

丘崎が唐突に色をなした。

「馬鹿野郎、日本で岸先生と言やあ岸信介先生に決まってるだろうが」

岸信介――前首相の岸信介か。

「これは失礼致しました。人見と申します。どうかお見知りおきを――」

慌てて詫びを入れ挨拶するが、川端なる男はむすりと黙り込んだまま名乗りさえしない。

「こちらの御方はな、てめえを見知りおく必要なんざねえんだよ。それどころか、てめえみてえな三下と会ったことが知られたらいい恥になるだけだ」

川端に代わって、丘崎が強い口調で叱りつける。散々な言われようだが、まったくその通りである。稀郎としてはひたすら低頭するしかない。

「まあいい。用件をさっさと片づけよう。いいか、よく聞け。児玉先生がてめえを買ってるってのは聞いている。だが岸先生は日本の将来のため、政界と任侠界の行き違いに心を痛めておられるんだ。そんな大事なときにてめえはなんだ。ややこしい動きばかりしやがって。目障りなだけじゃねえ、先生方のせっかくのお計らいをぶち壊しちまったらどうするつもりだ、え、おい。そこで俺がこうして川端さんと一緒に出向いてきたってわけさ。分かったら当分おとなしくしてな」

まるで分からない。

丘崎は児玉の配下ではなかったのか。

政治家、ことに岸信介のような官僚派は、ヤクザの排除を企図していたのではなかったのか。

児玉はヤクザを統合し、政界に揺さぶりをかけようとしていたのではなかったのか。

その一方で、児玉が篠村に与えた命令は依然生きているのではなかったのか。

何より、どうして丘崎が岸信介の秘書と一緒にいるのか。

情けないことにどう対応していいかさえ分からず、狼狽していることちらの様子を見て、丘崎が察したように付け加えた。

「いいか人見、てめえは篠村と組んでいい気になっているかもしれねえが、世の中ってのはこういうもんだ。何事にだって表もあれば裏もある。どう揉めようが、最後にはちゃあんときれいに収めるのが児玉先生の言わば器量よ。だから岸先生も児玉先生を頼られたんだ」

そうか、満州人脈か――

児玉の策は見事に当たったのだ。その結果、岸信介と話がついた。そこで丘崎が後始末に乗り出したというわけだ。しかも丘崎はヤクザとして濤星会の星野と友好関係にある一方で、同じ児玉配下の篠村に対してはいい感情を持っていない。これを機に、オリンピックの件を潰しておこうという肚だ。

「よく分かりました。私のような者のために御足労をおかけしまして、お詫びのしようもございません」

ここは下手に出るしかない。稀郎はひたすらみじめな演技を続ける。

「二言はねえな」

「はい」

「よし。今日俺達に会ったことは、おめえのためにも忘れるこった」

「心得ております」

頷いた丘崎は、川端を促して帰っていった。

川端は最後まで一言も発しなかった。

とりあえずはしのいだが、早く次の手を打たねば、オリンピックどころかヤクザ社会にも己の居場所がなくなってしまう。その上、これまでの強引な活動であちこちから恨みを買っている。下手をすれば命がない。

丘崎に詫びを入れたことを星野や飛本が知ったら、再び圧力をかけてくるだろう。そうなれば、白壁一家は必ず自分一人に責めを負わせて切り捨てるに決まっている。ヤクザ社会で唯一味方になってくれた花形は、すでにこの世にはいない。

ヤクザでは駄目だ——政治の力がどうしても要る——

児玉誉士夫はやはり両刃の剣だった。今の場合、伝手《つて》を頼るにしても児玉の息のかかっていない〈筋〉でなければ危険である。

思い余った稀郎は、行連の畝本嚢助を頼ることにした。夕方くらいには戻ると泰子に言い残し、会社を出た。

16

原宿セントラルアパートを一歩出た瞬間から尾行がつく。トロリーバス、国電、都電を何度も乗り換え、入念に尾行をまいた。最後はタクシーを使って浜松町の駅前で降りる。切符を買い改札を通るふりをして寸前で脇に逸れ、徒歩で行連中央本部に向かう。

その日畝本が本部にいることは確認済みであった。受付で来訪を告げると、来客中とのことなのでホールのベンチに座ってしばらく待つ。

やがて、廊下の向こうから小柄で痩せた男が歩いてきた。そう若くはない。四十前後といったところか。細い吊り目に特徴のある容貌だった。

なんとはなしに眺めていると、ベンチの前を通り過ぎる一瞬、こちらを見た。強烈な強さを湛《たた》えた眼光であった。

我知らず半身を起こして後ろ姿を追った。しかしその男は、振り返りもせず堂々とした足取りで本部から出ていった。

この男が畝本の先客らしいが、それにしても何者だろう――

決して筋者ではない。しかし、並のヤクザでは太刀打ちできそうもない烈《はげ》しい気迫を感じさせた。

「人見さん、お待たせしました。応接室へどうぞ」

職員の声で我に返った。立ち上がって奥の会議室へと向かう。

いつものように、畝本は広い会議室に一人で待っていた。

突然の訪問を詫びると、畝本は鷹揚《おうよう》に頷いて着席を促す。

「構わん構わん、またなんぞ面白い話でも持ってきてくれたんか」

「面白いと言えば面白い話ですがね」

稀郎は自民党議員に暴力団からの声明文が届けられた件と児玉誉士夫の動きについて、最初から話し出した。

しかし畝本は、途中で稀郎の話を遮り、

「その件に関する政界の動きは僕も聞いとる。岸さんが鎮火に回ったらしいっちゅうこともな」

「さすがですね。そこでなんとか――」

「人見さんよ」

畝本の声が突如異様な凄みを孕んだ。

「あんたは僕のことを、欲得ずくでどうにでも動く俗物だと見下しているんだろうな」

「いえ、決してそんな――」

「隠さんでもええ。そうでなければ、最初から僕のところに来たりはせん。現に僕だって、得になると思えばこそ、あんたの話に乗ったんだ。けどな、こんな僕でも矜持《きょうじ》というものはあるんだよ」

「何をおっしゃってるんですか。オリンピックの件が潰れたら我々の密約も――」

「黙って聞け」

畝本の貫禄は、反論しようとした稀郎を一瞬で封じた。

「僕だって行連の一員だ。生まれてこのかた、とんでもない差別の中で生きてきた。だからこそ、誰にも負けまいと必死になってやってきたんだ。この手を汚すことも怖れなかった。世間に言わせりゃ、僕らの手は最初から汚れとるそうだからな。しかし、金にさえなればいつだって喜んで利用されるわけでは断じてない。あんたは僕をそんな輩《やから》と見なしている。つまり、あんたもまた、心の中で僕を差別してるんだ」

一言もないとはこのことだった。

「僕は確かにヤクザや悪党とも仕事をしている。それは、連中も同じく差別されている側の人間だからだ。君がこの前提示してくれた条件は、差別と闘う映画の企画だった。僕に下心があったことは否定せんよ。たとえ大義名分だけであったにしても、僕は乗ることができたんだ。でもな、自分で意識するしないにかかわらず、君が差別をする側であると分かった以上、僕にできることは何もない」

反論はなかった。何一つ。

殺風景な会議室に重い沈黙が訪れた。

ややあって、畝本が再び口を開いた。

「そう言えば、さっきまで先客があってな。あんたはホールで待っておったそうだが、その男とすれ違わなんだか」

あの吊り目の男だ――

「会いました」

「あんたはどう見た」

「並の人物ではありませんね」

畝本は大きく頷いて、

「彼はな、京都の園部町《そのべちよう》で町長をやっとる男で、野中広務《のなかひろむ》というんだ」

野中広務。初めて聞く名であった。

「彼は行連には距離を置いとるが、僕と同郷でな、上京した機会にちゅうて挨拶に寄ってくれたんだ。僕らと考え方は違っても、義理だけはちゃあんと果たしてくれよるわ」

つまり野中という男も畝本と同様、被差別部落の出身なのか。

「今は一町長でしかないが、野中はいずれ国政に行くだろう。日の出の勢いと言われる大蔵大臣の田中角栄《たなかかくえい》も、彼には期待しとるそうだ」

「田中大臣が……」

「そうだ。たとえ部落出身であっても、志を持って努力すれば国会議員にもなれる。あれは偉い男だよ。だがあんたは、野中の足許にも及ばない。ただの思い上がった若僧だ。今度の件はええ勉強になったと思うことだね」

面談はそこで終わった。

野中の足許にも及ばない、か――

稀郎は悄然《しょうぜん》として引き揚げるしかなかった。

言いようのない敗北感と、途轍もない自己嫌悪を土産代わりに持たされて。


裏通りを抜けて浜松町の駅に向かっているときだった。

前方から白い日産セドリックがやってきたので、ドブ板の方に寄ってやり過ごそうとしたところ、急停止したセドリックから下りてきた男達によってあっという間に車内に引きずり込まれていた。

後部座席にもたれかかっていた和服の男を見て、稀郎は全身の血が引いていくのを感じた。

「おめえ、確かこの前、二言はねえって言ったよな」

丘崎会長であった。

「なのに敵本みてえなゲス野郎と、一体なんの話だい」

つけられていた――警察の尾行さえ入念にまいたはずなのに、どうやって――

こちらの顔色を読んだのか、丘崎が嗤う。

「行連はな、警察に二十四時間監視されてる。いつ誰が出入りしたかってな。その情報はこっちにも流れてくる仕組みになってんだ。畝本の野郎が来てるってときに、てめえまで現われた。警察にも気の利いた奴はいるんだよ」

警察とヤクザとはもともとなさぬ仲であったのだが、それが今でも変わらぬどころか、人の目に触れぬ地下深くで、下水のように腐った流れとなっていた。迂闊であった。ヤクザでありながら、ヤクザの手法を忘れていた。笑えるほどの馬鹿さかげんだ。

セドリックは勝鬨橋《かちどきばし》を渡って隅田川《すみだがわ》を越える。やがて戦前の建築とおぼしい、古い倉庫へと入っていった。入口に『勝辰《かっしん》運送』の看板が見えた。上辰連合、あるいは関係団体の所有する会社に違いない。

中に入ると同時に入口のシャッターが下ろされる。待ち構えていた男達が駆け寄ってきてセドリックのドアを開ける。丁重に迎えられ悠然と降り立った丘崎会長と対照的に、稀郎はゴミ屑のように荒々しく引きずり出された。

全身を荒縄で縛り上げられ、コンクリートの上に転がされる。その間にも、男達の容赦ない鉄拳を散々に浴びせられていた。

血の混じった唾を吐きながら周囲を見回すと、広い内部には所々に古い木箱が積み上げられているばかりで、普段使われている様子はない。大方、こうした荒事に恰好の場所として維持されているのだろう。

「おう人見、てめえ、よくも俺をコケにしてくれたな」

凶悪な面構えの揃った男達の間を割って、丘崎が近寄ってくる。

「何がオリンピック映画だ。そりゃあお国のためにオリンピックは大事だが、それだけにてめえみてえなガキの好きにさせてたまるもんか。てめえのチンケな企みなんざ、この俺がぶち壊してやるからそう思え」

そして周囲の男達に向かい、

「後は任せる。てめえらの好きにしな。明日もう一度様子を見にくるが、それまでにおっ死《ち》んじまったら構わねえ、隅田川に沈めてしまえ。どうせこんな野郎、ホトケが上がっても警察だってまともに調べたりするもんか」

「へいっ」

組員達が一斉に低頭する。

身を翻して丘崎が去るのと同時に、男達がにたにたと笑いながら寄ってきた。

「こいつかい。映画狂いの変人ヤクザってのは」

「ああ。チンピラのくせに大物気取りで、鼻持ちならねえ野郎だって聞いた」

「そうかい。じゃあ、たっぷりとヤキを入れてやろうかい」

「会長のお許しが出てるんだ。遠慮はいらねえ」

聞こえよがしに喚いている。

何か言い返してやろうと思った瞬間、目の前に作業靴の爪先が広がって、後は一面の黒となった。


——こいつ、まだ息はあるのか。

——どうでしょう、夜通し痛めつけましたからね。

——ちょいと確かめてみろ。死んでたらすぐに始末しちまえ。

——へい。

どこかでそんな声がした。気力を振り絞って薄目を開ける。眼前に組員達と、丘崎が立っていた。

「あっ、生きてるようですぜ」

「そうか。なかなかしぶとい野郎だな」

「どうしやす、会長」

「そうだなあ」

冷たいコンクリート上に転がされた稀郎の側に、丘崎がしゃがみ込む。

「おい人見、てめえもいいかげん身のほどってもんが分かっただろう。児玉先生に免じてもう一度だけ訊いてやるが、オリンピックが済むまでどっかの田舎にでも引っ込んでおとなしくしてるな？」

乾いた血が口の中で貼り付いて舌がよく動かない。それでも懸命に声を絞り出す。

「オリンピックなんざ、嘘だ……嘘の塊だ……俺が映画で……本物にして……やるんだ……」

立ち上がった丘崎がヤクザ達と顔を見合わせる。

「こいつ、何を言ってやがるんだ？」

「さあ？」

てめえらなんぞに分かるものか――俺だって、自分が何を言ってるのか分からねえんだ――

「めんどくせえな。もういい。さっさと息の根を止めてやんな」

「へい」

組員の一人が、腹巻きに差していたドスを抜く。

「おかしいな……見当たらねえ……」

目だけを動かし、無意識のうちにそんなことを呟いていた。

「見当たらねえって、何が」

丘崎が聞き返してくる。

「エンドマークさ」

「エンドマーク？」

「そろそろ出る頃だと……思ったんだが……完とか、終とか、さ……」

呆れたように首を振り、丘崎は命じた。

「殺《や》れ」

組員がドスを振り上げた。

そのとき——はるか頭上でガラスの割れる音がした。

全員が同じ方向を見上げている。稀郎も必死に首を動かしてそちらを見た。

天井近くにある明かり取りの窓を破って、誰かが顔を覗かせている。

「やっぱりここだったか」

逆光で顔ははっきり見えなかったが、その声はまぎれもなく篠村のものだった。

中に入り込んだ篠村は、近くに積んであった木箱を身軽に伝い、難なく床に降り立った。

ドスや鋼管を振りかざした組員達が、たちまち篠村を取り巻いた。

「待て」

男達を制止して前に出た丘崎が、背広姿の篠村に話しかける。

「おい篠村、こりゃあ一体なんの真似だい」

「いえね、昨夜そこで転がってる男の会社に電話しましたら、電話番の女の子が『夕方には帰るって言ってたのにまだ帰らない』ってぼやいてましてね。丘崎さんも御存知の通り、昔から俺の勘はよく当たる。それで上辰連合のよく使う〈仕事場〉を順に当たってみたってわけで」

「だからどうしてそんなことをやってるのかって訊いてんだよ」

「どうしてだって？　そりゃあ丘崎さん、まったくこっちのセリフってもんですぜ。俺は児玉先生からその男を守《も》り立ててやれって言いつけられてる。いくら丘崎さんでも、そいつを勝手に始末されたんじゃ困りますよ」

「篠村、てめえも児玉先生の肚はよく知っているだろう。てめえがオリンピックの件を任されたのと同じく、俺もいろいろとややこしい仕事を申しつかってる。だがそれからすぐに情勢が変わった。どっちが優先されるか、てめえなら分かりそうなもんじゃねえか」

「さあ、見当も付きませんね」

「なんだと」

平然と答えた篠村に、丘崎が怒気を露わにする。

「今度ばかりはいくら児玉先生でも勝手すぎる。ヤクザを焚きつけていきなり自民党と喧嘩ごっこだ。放火魔兼消防士とでもいったやつですかねえ。ヤクザどころか、自民党の結党資金だって、もとはと言やあ先生が上海から持ち帰った金だ。せめてこっちに話を通してくれてりゃあ、この男だってもう少し動きようがあったろうに。ねえ、そうは思いませんか、丘崎さん」

「てめえ、先生のお考えに逆らおうってのか」

「とんでもない。実はここへ来る前、先生に電話でお尋ねしたんですよ。人見をもう少し生かしておいても構いませんかってね。そしたら先生は大笑《たいしょう》なされ、『人見君によろしく伝えてくれ』とおっしゃった。先生らしいや。よく言や懐の深い大人物、悪く言やあ両天秤《りょうてんびん》のいいとこ取りだ」

「そうかい」

丘崎がにわかに殺気を放つ。

「そういうことなら、こっちはこっちで、てめえを片づけちまっても先生はお許し下さるだろうよ。第一この場からてめえらを帰したとあっちゃあ、ここにいる子分どもの収まりがつかねえ」

丘崎の目配せを合図に、組員達が一斉に殺到してくる。

それより早く、篠村は懐からコルトを抜いていた。男達の足が止まる。

「この人数を相手に、そんなハジキ一挺でどうしようってんだ」

「俺の腕前は、丘崎さん、あんたも上海で散々見たはずだ。今の日本で、あの頃みたいに大勢死人を出すわけにもいかねえでしょう」

余裕を見せていた丘崎が黙った。その沈黙こそが、コルトを手にした篠村の恐ろしさを何よりも雄弁に語っている。

「おい、そこの、ちょいと借りるぜ」

篠村は近くにいた組員にコルトを突きつけ、彼の持っていたドスを奪い取る。そして一同にコルトを向けながら、片手で器用にドスを使い、稀郎を縛り上げていた荒縄を切断した。

「立てるかい」

「ええ、なんとか」

篠村の肩を借りて立ち上がる。全身が熱を持って燃えるように痛んだ。

「丘崎さん、悪いがそこの車をお借りしますよ。必ず返しますんでどうか御心配なく」

一同が睨みつける中、稀郎をセドリックの後部座席に押し込むと、篠村は運転席に乗り込んだ。

「出口を開けてやれ」

丘崎の命令で、出入口近くにいた組員が慌ててシャッターを開ける。

「篠村、てめえとは長い付き合いだ。上海時代には助けられたこともある。今日のところは見逃してやるが、次はないと思え」

「それだけで御の字ですよ」

軽やかに言った篠村は、セドリックのエンジンをかけようとして、不意に顔を上げた。

「ねえ、丘崎さん」

「なんだ」

「あの頃は楽しかったなあ。上海の話ですよ。お互いワルだったが、周りはもっと手強いワルばかりで、思う存分暴れまくった。これから日本でもう一花、と思わねえでもなかったが、どうにもいけねえ」

その声は、それまでと打って変わった愁《うれ》いのようなものを含んでいた。

窓から丘崎を見ているであろう篠村の顔は、稀郎の位置からはよく見えない。

「丘崎さん、これからの日本は、よくなるんでしょうかね。それとも悪くなるんでしょうかね」

「よくなるに決まってるじゃねえか。オリンピックだってあるんだぜ」

応じる丘崎の声は、心なしか、希望と虚勢とが入り混じっているようにも感じられた。

「俺達は確かに散々手を汚した。今だって汚してる。オリンピックも真っ黒だ。けどな、それで日本が栄えるっていうんなら結構じゃねえか。俺は喜んで手を汚すぜ」

「あんたらしいや」

「もういい、早く行っちまえ」

「感謝します、丘崎さん」

篠村はエンジンをかけ、アクセルを踏み込んだ。

「しっかりしろ。すぐに病院へ連れていってやる」

大丈夫です――そう言おうとしたが、声が出ない。

しばらくセドリックの振動に揺られているうちに、再び意識を失った。


目覚めたときは、病院のベッドの中だった。

泰子が見舞いに来ていた。篠村が知らせてくれたらしい。

「あの、こういうときに悪いとは思うんですけど、辞めさせて下さい」

ベッドの側で、言いにくそうに泰子が切り出した。

「あたしはただの電話番だと聞いたから……でもこんな怖い仕事だなんて、あたし、もう……」

もっともな言い分だ。しかし、代わりが見つかるまでという条件でなんとか慰留した。年末の時期に事務所を無人にしておくわけにはいかない。何人かいた使い走りも、とっくに逃げ出して今は誰も残っていないという。大方誰かに脅されでもしたのだろう。

「ほんとですよ、ほんとに代わりが見つかるまでですよ」

何度も念を押してから、泰子は帰っていった。

それと入れ替わりに、各映画会社や大物俳優から、次々と見舞いの花が届き始めた。政治家や実業家からの花もある。オリンピックの件に問題はないという児玉誉士夫のメッセージだと判断した。表向き、入院の理由は交通事故ということになっている。

所属する白壁一家からは、組長の名代で伊野がやってきた。幹部ではなく下っ端をよこすあたり、広岡の胆の小ささは相変わらずのようだ。

伊野に錦田への伝言を託した。「オリンピックの件は心配するな」と。ここで錦田が動揺して下手に動けば、それこそすべてが台無しになる。文字通り体を張ることになった仕事なのだ。錦田の思惑などもう関係ない。なんとしてもやり遂げずにはいられなかった。

ベッドから身動きできないのがもどかしかったが、ここまでくればやるべきことはさほど残ってはいない。後は年明けの組織委員会全体会議を待つばかりだ。桑井達が首尾よく進めてくれるといいのだが。

年も押しつまった病院で、寝たり起きたりを繰り返す。激烈な痛みが頻繁にぶり返したが、この一年の苦労を思えばどうということはない。

時折あの歌声が聞こえてくる。リカの歌だ。誰かが病室にトランジスタラジオでも持ち込んでいるのだろう。甘い恋の歌であるはずなのに、聴いていると世の中への苛立ちと悪意とが募ってくる。もしかしたらすべてが熱による幻聴なのかもしれなかった。

何かの気配にふと目を覚ました。明かりが消えていることから、夜中であると思われた。

顔を少し横に向けると、枕元に立つ黒い影が目に入った。

面会時間はとっくに過ぎているはずだ。影は腰を屈《かが》め、稀郎の耳許で囁くように言った。

「目が覚めたかい」

篠村であった。慌てて身を起こそうとした稀郎に、

「そのままで聞いてろ。俺は日本を捨てることにした。それで最後の挨拶に寄ったのさ」

一瞬、夢かうつつか分からなくなった。

「児玉先生はＣＩＡの意を受けて動いている。日本のヤクザを統合しようとしているのも、自民党の議員に声明文を送りつけたのも、日本の赤化を怖れるＣＩＡと先生の

思惑が一致した結果なのさ。五〇年代、CIAは岸に金を渡していた。岸政権にテコ入れして安保改定をやらせるためだ。もちろん先生も関わってる。先生と岸とは最初からグルなんだ。大野伴睦への政権禅譲のカラ手形を思い出せ」

大野へのカラ手形――

永田雅一との会見が甦る。永田は「立会人を務めた僕らの面目は丸潰れだよ」と語っていたが、児玉はそうなることをあらかじめ知っていたのだ。

同室の患者達の寝息に囲まれた中で、篠村の囁きは稀郎の耳にだけ直接染み込んでくるようだった。

「それだけじゃない。先生はロッキード社の秘密代理人でもある」

ロッキード社？　聞いたこともない社名だった。

「ロッキードはアメリカの飛行機屋でな、もう何年も前になるが、次期主力戦闘機導入に際して一旦グラマン製に内定が出たにもかかわらず、先生はこれをひっくり返してロッキード製に決めさせた。その頃から俺は、もう付いていけねえと思ってたんだ。このままロッキードやCIAとの腐れ縁を引きずっていたら、いずれ取り返しのつかない大事になるってな。先生には恩があるから今日までずるずる来ちまったが、今度の一件で肚が決まった。俺がいたんじゃ、いずれまた丘崎ともぶつかるだろうし、そうなる前にこっちからおさらばしとこうってわけだ。おまえの味方はもうできなくなるが、心配するな、ちゃあんと根回しはしといたからオリンピックの件はこれまで通りだ。もう誰も文句は言ってこねえさ」

篠村さんはこれからどこへ——そう言おうとしたが、胸が詰まって言葉が出ない。

しかし口には出さずとも、篠村はこちらの言おうとしたことを察したようだ。

「ラオスに昔の知り合いがいてな。久々に訪ねてみようと思ってるんだ。もともと大陸浪人を気取っていた俺だ。狭い日本で窮屈な思いをしているより、羽を伸ばせていいかもしれん」

勇壮なその言葉に反し、篠村の微笑みはどこか寂しげに感じられた。

「おまえさんの映画、楽しみにしてるぜ。完成したら、世界中のどこにいても必ず観るよ。その代わり、半端なもんを作りやがったら承知しねえぞ」

巡回の看護婦だろうか、廊下を歩く足音が聞こえてきた。

「もう行くぜ。達者でな」

闇に溶け込み影は消えた。

それが篠村の姿を見た最後となった。

17

結局稀郎は、昭和三十九年を病院のベッドの上で迎えることとなった。

午前中は気持ちよく晴れていて、幸先のよい元日だと思っていたのだが、昼前から次第に曇りがちとなり、とうとう日差しは失われた。それでも暖かい一日で、同室の患者達も新年に希望を馳《は》せているようだった。

翌日からは季節にふさわしい寒い日が続いた。全身に受けた傷はまだ完全に癒えたわけではなかったが、担当医を脅すようにして松の内に退院した。

留置所の経験はあっても、懲役には行ったことがない。娑婆に出るのはこういう気分かと、何もかもが新鮮に感じられた。

人見エージェンシーでは、これまで通り泰子が電話番をしている。退院して久しぶりに会社へ顔を出したとき、なぜ退院を知らせなかったのか、後任はちゃんと探してくれているのかと、泰子に散々愚痴られた。挙句の果てに、後任が見つかろうと見つかるまいと、一月いっぱいでの退職を認めると約束させられた。

構いはしない。年をまたいでまで引っ張った記録映画の監督人事も、いくらなんでもう後がない。その頃には必ず決まっている。そうなれば、人見エージェンシーは大々的に映画界の前面に打って出る。電話番の小娘や使い走りの小僧などもういらない。本物のビジネスマンを大勢雇い、表の世界をのし歩くのだ。

西原の話では、服役前の安藤昇がよく言っていたそうだ——これからのヤクザは表の正業で勝負しろと。

さすがは新時代のヤクザと言われた安藤昇だ。稀郎もまったく同じ考えであった。

時代は変わった。「もはや戦後ではない」と言ったのは誰だったか。どこの誰であってもいい。その通りだ。警察や政治家がヤクザにデモやストライキの鎮圧を依頼する時代はとうに終わった。本当は今でも続いているのだが、少なくとも連中は、表向きにはアメリカ製の石鹸で洗った綺麗な顔をして、清潔なふりをしてみせる。ヤクザの知り合いなど一人もいないと。ヤクザはヤクザで、頭のいい者は社会の役割分担を心得て、要領よくふるまうすべを身につけた。

自分も負けてはいられない。負けるわけにはいかない。時代の先を行ってやる。新しい映画を作ってやる。

新たな闘志に全身が熱い。傷の痛みもどこかへ去った。

だが——熱い心の隙間から、ふと気がつくとうそ寒い風が吹き込んでいる。

花形もいない。篠村もいない。オリンピックへの期待で日本中が沸き立っているというのに、最も側にいてほしい頼れる顔は一つもない。

それに気づくと、急に痛みが戻ってくる。上辰連合にいたぶられたときの傷が痛む。花形を真似て自ら刻んだ傷が疼く。冷たい炎が心を炙る。それは思いもかけない激痛だった。

耐えろ。耐えるしかない。こんな痛みは今だけだ。オリンピックが来ればきっとどっかへ行っちまう――

正月明けの事務所で、稀郎はがむしゃらに働いた。入院中に雑用が山のように溜《た》まっている。それらを片端から処理していく。仕事に没頭している間だけ、痛みはどうにか忘れていられる。

こんな会社はもうすっかり見限ったという顔で、泰子は日がな一日、雑音のうるさいテレビを見ながら電話番をしている。

テレビ、テレビか――

仕事の合間に新聞を手に取ると、オリンピック中継に備えてテレビを買う客が増えているという記事が目についた。

しゃらくせえ――テレビなんて、どうせ一時の流行《はや》りに決まってる。オリンピックが終わればそこまでだ。その後は、みんなして俺のオリンピック映画に詰めかけるんだ――

新聞を丸めて放り出し、稀郎は大枚二万を払って新調したばかりのコートに袖を通しながら事務所を出た。

「どこ行くんですか」

大儀そうに尋ねる泰子に、同じく大儀そうに答える。

「大船へ行ってくる」


大船の松竹撮影所へ足を運んだ稀郎は、撮影所長や主だった面々に新年の挨拶を済ませる。

おめでとうございます、大変でしたねえ、いやあ、元気そうで何よりですよ、人見の兄さん——誰もが口々にそう言ってくれる。今年はいよいよですね、とも。

「錦田はどこにいる？」

顔見知りの助監督を捕まえて尋ねてみた。今は監督用の個室に籠もっているという。

撮影はどうなった、と重ねて訊くと、彼は声を潜め、

「それがねえ、去年の暮れから演出プランに悩んでるようで、すっかり進行が止まっちまってんですよ。制作の連中も困ってるみたいですが、どうにもねえ。幸い正月映画が好調なんで、会社はその続映でしのいではいますがね」

見舞いにも来なかったことから、大方そんなところだろうと踏んでいたが、案の定だ。

「そうか、ありがとよ」

「兄さんからもうまいこと言ってみて下さいよ」

「おう、分かった」

すぐに錦田の部屋に向かい、軽くノックしてから中に入る。

「俺だ、いるかい」

「あっ、兄貴さん」

新たに購入したらしい革張りの立派な椅子にふんぞり返っていた錦田が、特撮用のピアノ線で引っ張られたように跳び起きた。

「すみません、お見舞いにも行けなくて」

「こんなときだ、気にするな。それより、撮影がストップしてるんだって？」

「ええ、聞いて下さいよ」

それからは錦田の独壇場だった。企画が悪い、予算が少ない、プロデューサーが頑固だ、シナリオの出来が悪い、助監督が使えない、役者が大根だ云々。

「考えてもみて下さい、そもそも母ものなんて、僕に押しつける会社の方がどうかしてます。こんな企画、どうしようもない。さすがの僕もお手上げですよ」

撮影所のシステムを理解しているはずの錦田が、際限なく勝手放題を口にする。すでに巨匠になった気分でいるのだろう。

「よし、分かった。全部おまえの言う通りだ」

「えっ？」

錦田が意外そうな顔をする。これだけ散々言っておきながら、心のどこかで反論されると怖れていたのだろう。小心者の錦田らしい。

「いいか、今の状況で会社が撮影のストップを許すわけがない。しかし現に止まってる。ということはだ、会社がそれを認めてるってことだ」

篠村が日本を去る前にやってくれた〈根回し〉の成果だろうと思ったが、面倒なのでそんなことまで説明しない。

「俺の見た限りじゃ、『おふくろ涙の子守歌』は手の施しようがねえ。このまま完成させたところで、ろくなことにはならねえだろう。そうなりゃおめえ、オリンピック監督の人選にも影響が出る。俺がいねえ間に撮影が止まってたのは幸いだ。このまま創造上の悩みとかなんとか言って、できるだけ引き延ばせ。一旦オリンピックの監督に決まりゃ、あんな企画はお蔵入り間違いなしだ。その方がおめえの名刺に傷が付かずに済む」

それまで冬眠明けのヒキガエルよりも不機嫌そうだった錦田は、稀郎の手を取り、涙声で感謝した。

「ありがとうございます、兄貴さん。本当に恩に着ます。何もかもおっしゃる通りに致します。これでまた映画の時代が来ます。何が映画産業の凋落だ、そんなデタラメをほざいてる連中に、ぎゃふんと言わせてみせますよ。監督の中にも、テレビに移った輩が大勢いますが、あいつらは最初から負け犬だったんだ。テレビなんか、しょせん映画の前では三流だ。見てて下さい、僕がそれを証明してやります」

テレビ、テレビか――

先ほどまでとは打って変わった、錦田の自信満々な様子を見ていると、稀郎はなぜか寂寥《せきりょう》の想いに囚われた。敗戦を目の前にした頃の日本の、どうにもやり切れない虚無感と、捨て鉢な放心の入り混じったあの感覚だ。

だが己の抱く感覚が、なぜ、どうして、どこから来るのか、稀郎にはまるで分からなかった。

テレビ普及の一因ともなった美智子《みちこ》妃、すなわちミッチーブームは、また大衆向け週刊誌や女性誌の隆盛をも大いに促した。

錦田の擁立案は桑井ら小委員会の強力な推薦と映画業界の後押しもあって、かなり有望との感触を得ていた。ここまで来れば後は三日後に迫った組織委員会全体会議を待つばかりである。すでに勝ったも同然と言っていい。稀郎と人見エージェンシーにとっては、めでたい春となりそうだった。

だが――昼休みに煎餅《せんべい》をかじりながら週刊誌を読んでいた泰子が、突然声を上げた。

「ねえ社長、ちょっとこれ見て下さいよ」

「どうした、俺は今ちょいと手が放せねえんだ」

税務関係の書類を調べていた稀郎の目の前に、雑誌の誌面が突き出される。

「これ、ウチにも関係あるんじゃないですか」

大きく躍る見出しの活字に、稀郎は声を失った。

[『輝ける明日の恋人』錦田欣明監督に愛人騒動]

雑誌を引ったくって記事を読む。

錦田監督は、妻子がありながら同じ松竹の専属女優である稲穂《いなほ》禎子《ていこ》と長年愛人関係にあり、何度か別れ話を切り出した稲穂にそのつど暴力を振るって服従させ、あろうことか二度も中絶を強要した。この疑惑は義憤に駆られた元付き人の告発により発覚した。稲穂側は本誌の取材に対し沈黙を守っているが、もしこれが事実であるならば、乙女《おとめ》の紅涙《こうるい》を絞った『輝ける明日の恋人』に描かれた清いメロドラマはとんだ茶番であったばかりか、錦田欣明という監督はまったく人倫にもとると言うほかない

——断定こそしていないが、極めて痛烈な批判であった。

電話の前に戻っていた泰子を押しのけるようにして受話器を取り上げる。

遅かった。思いつく限りの場所にかけてみたが、錦田はすでに行方をくらました後だった。

こうなったら——

白壁一家に電話し、折よく居合わせた狭間に、伊野や他の若い者を使って錦田の居所を捜させるよう命じる。

「どんな手を使っても構わねえ、よその誰かに押さえられねえうちに、俺んとこへ引きずってこい……ああ、いいぜ、気の済むまで痛めつけてやれ」

次いで八戸にも電話し、同じく錦田の捜索を依頼する。

「一流の〈業者〉を総動員しろ。信頼できる筋は全部使え。居場所の手がかりだけでもいい……もちろんだ、ネタに応じて金は弾む。頼んだぜ」

他にも何ヵ所かに電話してから受話器を置く。薬罐に入っていた白湯《さゆ》を直飲《じかの》みし、雑誌の表紙と奥付を改めて見る。

誌名は『週刊女性セルフ』、版元は博識館《はくしきかん》。住所は神田《かんだ》多町《たちょう》一丁目。

すぐさまコートをつかんで立ち上がった。

「どこへ行くんですか」

背後で泰子が叫んでいたような気がするが、構っている場合ではなかった。

原宿セントラルアパートを出てタクシーを呼び止め、ドアを開けた運転手に千円札を差し出して告げる。

「神田多町。急いでくれ」

博識館の社屋は、戦災を免れて焼け残ったようなビルだった。一階は雑誌や本の束で埋もれている。どうやら倉庫に使われているらしい。正面の階段を下りてきた男に訊くと、週刊女性セルフの編集部は二階だという。教えられた通り、二階に上がった稀郎は、編集部らしい部屋で一番大きな机に座っている口髭の男の前に立った。

「なんでしょう？」

顔を上げた男に、稀郎は週刊女性セルフを差し出して、

「ちょっとお尋ねしますが、この雑誌で一番偉い人はどなたで？」

男は不敵に稀郎を見上げ、

「責任者、発行人ということなら社長ですが、雑誌の内容に関することなら編集長です」

「では編集長にお会いしたい」

「あんた、どちら様？」

「こういう者です」

人見エージェンシー代表取締役の肩書が入った名刺を差し出す。

それを一瞥した口髭の男は「ふうん」と言って稀郎を眺める。自分の名刺を出そうともしない男の態度に、稀郎は苛立ちを隠す気もなくなってきた。

「あのねえ、編集長はどなたでしょうかね」

「私ですが。飯塚《いいづか》って言います」

「飯塚さん、少し折り入って話したいことがあるんですけど」

「では、あちらで」

立ち上がった飯塚は、ついたてで仕切られただけの応接セットに移動して腰を下ろした。稀郎もその向かいに座る。声は編集部に筒抜けだがこの際やむを得ない。

「話ってのは、錦田欣明の記事のことでしょう?」

こちらが何も言わないうちから切り出してきた。

「もう大反響でね。おかげさまで今週号は完売しそうな勢いだ」

「この記事を書いたのは誰ですか」

「あんたで六人目ですよ。今日それを訊いてきたのは」

「じゃあ教えてもらえませんかね、私にも」

「教えたとは言ってませんよ、そいつらに。ただ訊かれたと言っただけですよ。五人とも見るからにカタギじゃなかったなあ」

稀郎は改めて飯塚を見つめる。あからさまに思わせぶりな態度であった。

「あんたもそうでしょう。どこで買ったのかは知りませんが、そのコートも背広も、全然似合ってませんよ。白壁一家の人見兄さん」

こいつ、そんなことまで――

内心の動揺を押し隠し、態度を変える。

「そうかい。なら話は早《はえ》えや。さっさと言いな」

「清水一行《しみずいっこう》ってトップ屋が持ち込んできたネタでね。なかなかできる男ですよ。いいモノ書くんだ。俺の贔屓目かもしれないが、ありゃあトップ屋なんかで終わるような器じゃない」

意外にも飯塚はあっさりとトップ屋の名前を吐いた。

「その清水って野郎はどこにいる」

「さあてね。ネタを追って東奔西走、それがトップ屋の誇りだなんて、連中みんな、いつも言ってますから。今頃どこの空の下やら」

「てめえ、舐めてんのか」

「とんでもない。清水はね、オリンピック記録映画の監督がどうなるか、前々から追ってたんですよ。黒澤が降りた直後くらいからかな。誰だってそりゃあ気になろうってもんでしょう。そのうち、どうも妙な動きをしてる奴がいるってことに気がついた。あんたのことですよ、人見さん」

飯塚がまっすぐにこちらを見据える。

「あんた、あの記事の抗議に来たんでしょう？　事実と違う、いや、違ってなくても訂正しろって」

図星もいいところであった。

「残念ながら無駄足でしたね。あれは事実なんですよ。清水の奴、最初はオリンピック記録映画を巡る一部始終を書こうとしてたらしいが、自分で断念しちまった。だってそうでしょう、後ろに児玉誉士夫がいたんじゃね。載せられる新聞も雑誌もありゃしない。何しろあっちこっちの社主様で大株主様だ。もっともそれ以前に、日本人悲願のオリンピックにみそを付けちゃあ、世間様ってもんが許してくれない」

それもまた飯塚の言う通りであった。うわべだけは綺麗事で埋め尽くされた、オリンピック利権の闇に触れたが最後、自分自身が叩かれる。国土を焼け野原にされても変わらない、日本人の不可解な全体主義だ。だからこそ、こちらも甘く考えていた。

「あきらめ切れない清水はしぶとく別の切り口を考えた。試しに錦田の身辺を洗ってみたら出てきたのがあのネタだ。もう遅いよ。一度出てしまえば、どんな大物だろうが押さえられない。そもそもあれは、三流監督と女優のスキャンダルでしかない。それを無理やり揉み消そうとしたら、藪《やぶ》をつついて蛇《へび》ってわけだ」

こちらの顔色に気づいたのか、飯塚はそれまでの不敵な態度からは想像もつかない、穏やかな声で語りかけてきた。

「人見さん、あんた、脇が甘すぎたんだ。それか、行連や右翼の大物なんぞに気を取られて、足許のボヤに気づかなかったか。あんた、映画がほんとに好きなんだって？　清水が言ってたよ、やり方は気に食わないが、映画に懸けた死にもの狂いの情熱だけはどうにも憎めないってさ。なあ人見さん、ヤクザのあんたに言うのもなんだが、オリンピックは魔物の巣だ。これを機会にあんなものから手を引いてさ、ただの客として映画を楽しむってことにしちゃあどうかな。それができないってんならさ、オリンピックとは関係ない、別の映画をプロデュースしてみちゃどうだい」

飯塚は先ほど渡した名刺に視線を落とし、

「せっかくこんな会社だって作ったんだし、あんたならそっちでもやってけるんじゃないかなあ。お互い戦争を生き延びたんだ。あんたはまだ若い。人生ドブに捨てるような真似をしてちゃあもったいないよ」

何を言っていいかさえ分からない。分かっているのは、目の前にいる口髭の編集長が、圧倒的な〈大人〉であるということだった。

永田雅一のしたたかさとも、児玉誉士夫の妖気とも違う、信念を持って真っ当に生きる〈ただの人間〉の大きさだ。

「飯塚さん」

羞恥に耐えて立ち上がる。

「あんたの言う通り、ただの客に戻れるなら、それが一番幸せでしょう。だがね、私はもう一線を越えちまった。今さら引き返そうったって引き返せねえ」

飯塚はため息をついて、痛ましげにこちらを見た。その視線に混じる憐憫《れんびん》が、今は一番痛かった。

何も言えず、逃げるように編集部を出た。

そうだ、一線はとっくに越えている。ここでオリンピックをしくじったらすべてを失う。帰る場所はどこにもない。

新橋《しんばし》の旅館に錦田が潜伏しているとの知らせが八戸から入ってきたのは、翌日の朝であった。他の組や映画人、マスコミよりも早かったのがせめてもの幸いと言えた。

タクシーでその旅館に駆けつけた稀郎は、ドテラを羽織って火鉢に当たっていた錦田を、ものも言わず蹴飛ばした。

吹っ飛んだ錦田は床の間の柱でしたたかに頭を打ち、踏み潰されたカエルのような悲鳴を上げた。

「てめえ、なんで俺に黙ってやがった」

「なんでも何も、そもそも言う必要があるんですか」

額を血に染めた錦田が開き直ったように叫ぶ。

その顔を、稀郎は二度三度と蹴りつけて、

「じゃあこれはどういうことだ」

週刊女性セルフを錦田に叩きつける。

畳の上に落ちて開いた誌面には、化粧品か何かの広告が載っていた。モデルはリカだ。写真の中で、リカは世間のすべてを嘲笑っているかのようだった。

「それくらい、映画界なら普通のことじゃないですか。女の不注意で子供ができたんなら、堕ろすのは当たり前でしょう。どんな大監督だって、世間に知られてないだけでみんなやることはやってるんだ。僕は全部知ってるぞ。そうだ、僕だけじゃない、この世界の人間なら誰だって知ってる。それでいながら、相手が巨匠だというだけで黙ってる。どいつもこいつも、我が身が可愛いだけなんだ」

相手の子供じみた言いわけに絶句する。

錦田はなおも怨嗟の言葉を吐き続けた。稲穂禎子に対する罵倒の言葉も。

最初は自分に都合のいいようにしか語らなかったが、あれこれと聞き出しているうちに唖然《あぜん》とする。

錦田が稲穂禎子という女にしたこと。それは記事に書かれているよりはるかに酷い仕打ちであった。なのに錦田は、自分こそが被害者であると信じて疑わない。

映画界が実際にそういう世界であることは最初から知っていた。錦田が最低の屑であることも。

にもかかわらず、自分は映画に夢を見た。見てしまった。映画の熱と魔とに取り憑かれ、うかと己を見失った。

そして今、手痛いしっぺ返しを食らっている。

「どうして僕だけがこんな目に遭わなきゃならないんだ。これじゃまるで犯罪者じゃないか。マスコミの横暴だ。連中は人のプライバシーを平気で踏みにじる人でなしだ」

二の句が継げない。目の前にいるこの男こそ、正真正銘の〈人でなし〉だ。

かっとなって顔面を蹴りつける。

「悪かったな。俺はヤクザで、本物の悪党なんだよ」

鼻から鮮血を垂れ流し、錦田が泣きながら畳の上をのたうち回る。

その無様な姿を見下ろして、稀郎はいまいましげに呟いた。

「もっと早いうちなら、揉み消しようもあったものを」

「えっ、ほんとですか」

その言いようは、現金を通り越してもはや道化の域に入っている。腹立たしさと情けなさで、さらに錦田を滅茶苦茶に踏みつけた。

手遅れだ。何もかもが手遅れだった。

間もなく後追いに走った各誌が、続報を次々と掲載し始めた。当然ながら、最も詳細に報じているのは女性セルフだ。

それらの記事によると——

錦田は二言目には妻と離婚すると言いながら禎子との関係を続けた。そして離婚には慰謝料が必要だと言っては、禎子にことあるごとに金をせびった。同期の俳優から求婚された禎子が結婚を決意すると、錦田は怒り狂い、映画界で仕事をできないようにしてやると脅した。それでも禎子の決意が変わらないと知るや、今度は結婚してもいいから月に一回は自分との関係を続けてくれと泣いてすがった。その一方で、禎子に求婚した相手をいじめ抜いて撮影所から追い出した。将来を有望視されていた俳優は、絶望のあまり自殺した。禎子の中絶も、錦田が暴力を振るって半ば強引に堕ろさせたものだった。

稲穂禎子は看板女優と呼ばれるほどの大スターではなく、いわゆるB級スターであったが、それでもこのスキャンダルは充分に衝撃的で、あらゆるマスコミが錦田批判に回った。

特に女性誌の攻撃は激烈を極めた。戦前からの〈耐え忍ぶ女性像〉から脱却し、〈自立した女性像〉の確立を目指す各女性誌が、まなじりを決して錦田を追及したのは言わば時代の必然である。沈黙を続ける稲穂禎子に苛立つあまり、ついには彼女まで批判する女性誌記者さえ現われた。

今や潮目は完全に変わっていた。これでは錦田がオリンピック記録映画の監督になる目など絶対にあり得ない。錦田は自らの手で己の夢を、いや稀郎の夢までをも完全に打ち砕いたのだ。

小委員会の桑井も、電話にさえ出なくなった。工作資金にと渡した金を全額送り返してきたのは、とばっちりを怖れた単なる責任逃れだろう。

唯一希望の持てる材料は、稲穂禎子側の沈黙だ。

意を決して――と言うより蛮勇を奮って――等々力の児玉誉士夫邸を訪れた。

門前払いも覚悟していたが、予想に反して客間へと通された。

屋敷の主は、来客と面談中であった。

「おう人見君、ちょうどよいところへ来た。紹介しておこう、こちらは海図組の榊畑君だ」

にこにこと微笑みながら軽い口調で言う。

稀郎は驚愕のあまり声を失った。

海図組の榊畑眞吉《しんきち》。日本最大の勢力を誇る大組織の三代目だ。

榊畑はこちらを一瞥し、鷹揚に頷いただけで黙っている。榊畑と自分とでは、天と地以上に格が違う。彼がこちらに名乗る意味はない。

「榊畑君はな、日本の芸能界、映画界の発展のために日夜尽力してくれておる。これを機に、君もいろいろ教わるといいだろう」

稀郎には挨拶さえ許されぬことなど百も承知で、児玉がぬけぬけと言う。つまりは引っ込んでいろとの恫喝《どうかつ》である。

ようやく理解した。稲穂禎子の沈黙には、相応の理由があったのだ。

ヤクザ世界のゴタゴタになんらかの決着がついた。榊畑が上京してきたのもそれを裏付ける。関東の興行界で海図組が本格的に活動を再開したというわけだ。

しかしなぜ今になって海図組が――

何か得体の知れない、不穏な力が蠢いている。その力の前に、稀郎は案山子《かかし》の如く立ち尽くすしかなかった。

18

昭和三十九年一月二十日。オリンピック記録映画の監督は市川崑《いちかわこん》に決まった。配給は東宝である。

市川崑は大映と契約していたが、相談に訪れた市川に対し、社長の永田雅一は、ただ「要請があるなら、やれ」とだけ答えた。

五社協定と自社の利益にうるさい永田のこの態度に、周囲は困惑を隠せなかったという。

一人、稀郎のみは驚かなかった。

時同じくして、警察庁次長通達として『暴力取締対策要綱』が出されていた。組織のトップを標的としたいわゆる頂上作戦、資金源断絶作戦、及び拳銃追及作戦を中心とするこの要綱が制定された理由は、主に三つ。

一つめが暴力団の組織数が戦後最高を数えたこと。二つめがそれによる抗争事件の続発。そして三つめが、東京オリンピック開催のため、とされている。

オリンピックを包む闇の全貌が、おぼろげながらに見えてきた。

官僚派政治家と党人派政治家の抗争だ。

昨年末に出回った暴力団や右翼による連名の抗議文。児玉誉士夫の画策したあの仕掛けに、池田勇人の後継を狙う党人派の河野一郎が乗ってしまった。かつて岸信介から大野伴睦への政権禅譲の空手形をつかまされたことを恨む河野は、今日まで巻き返しの機を窺っていた。その怨念を熟知する児玉が、折からの暴力団抗争を利用し、政局を操った。

オリンピックも河野一郎も、すべてはそのための道具でしかなかったのだ。児玉と気脈を通じる海図組も、この茶番に噛んでいる。CIAの意を受けた児玉の意図と、全国制覇を狙う三代目の意図。割れ鍋に綴《と》じ蓋《ぶた》とでも言うべきか。

何が暴力団抗争の追放だ。暴力団は抗争事件で人を殺す。政治家がやっているのは、国を殺す抗争だ。私利私欲が優先で、国の未来など眼中にもない。自ら握ったドスで人を刺すだけ、ヤクザの方が人間らしい。

ともあれ、永田は躊躇なく稀郎を切り捨てた。もとよりそういう取り決めであったのだから文句は言えない。

映画界で稀郎を見放したのは、永田一人ではなかった。

錦田もまた、稀郎をあっさりと切り捨てた。

スキャンダルをこれ以上表面化させないことを条件に、彼は引き下がることを承諾した。

実際、それと時を同じくして各媒体は錦田を追及しなくなった。稲穂禎子本人がついに口を開かなかったことも、今回の疑惑そのものが単なるデマにすぎなかったという印象を強めるのに役立った。女性セルフの飯塚もトップ屋の清水も、政治の圧力というよりは、オリンピックを国民的慶事とする世間の声には抗すべくもなかったに違いない。

また錦田には、大映でかねてより企画中だった三島由紀夫原作の文芸大作を任されるという話まであるらしい。

それは単なる三島作品の映画化などではなく、〈映画のために〉三島が書き下ろした小説を映画化するという、前代未聞のタイアップ企画であった。なるほど、いかにも錦田が飛びつきそうな企画である。これの監督に抜擢《ばってき》されたなら、念願の巨匠入りも夢ではない。もうチンピラヤクザに頭を下げる必要もないというわけだ。

白壁一家の広岡組長は、海図組の名を聞いただけで震え上がった。そもそも自分が命じた案件であったことなど忘れ果てたかのような剣幕で、稀郎に破門を言い渡した。

「この馬鹿が、てめえの器量も考えねえで調子に乗りやがって。組の若い者まで勝手にこき使ったそうじゃねえか。海図組の三代目ができたお人だったからよかったようなものの、てめえ一人のせいで組が潰れたらどう責任取ってくれんだよ」

ヤクザの世界では親に対する反論は一切許されないのが通例である。稀郎は黙って理不尽な言い草を聞くしかなかった。

そんな稀郎に、代貸の大石は侮蔑の笑いを投げつけた。

「言わんこっちゃねえ、映画なんかにトチ狂いやがって。俺達博徒の稼業は博打だろうが、え？」

俯《うつむ》いて正座していた稀郎は、上目遣いに大石を見た。

「お言葉ですが、兄貴」

「なんだ」

「確かに俺達の稼業は博打だ。でもね、兄貴は御存知ねえようだが、映画ほど大掛かりな博打もありませんよ」

「稀郎、てめえ、誰にものを――」

激昂する大石を制し、広岡が顎で稀郎を促した。

「もういい、早く出てけ。てめえの顔なんざ見たくもねえ」

無言で一礼し、稀郎はその場を退出した。

映画人は皆、稀郎にはもう目もくれない。

分かっていた。落ち目の人間には一斉に掌を返す。それが映画界というものだ。

人見エージェンシーを畳んだ稀郎は、後始末に訪れた撮影所でふと足を止め、威勢よく働く男達をぼんやりと眺めていた。

「オラ邪魔だ、どけよ抜け作」

不意に後ろから突き飛ばされた。

せかせかと去って行くその男には見覚えがあった。

――さすがは人見の兄貴だ、俺ァ胸がスーッとしたぜ。

かつて稀郎に向かってそう言った男だった。

〈兄貴〉が今は〈抜け作〉か――

笑おうと思った。しかし自嘲の笑いさえ、欠片も浮かんではこなかった。

池袋西口の飲み屋を追い出されたのは、深夜一時を過ぎた頃だった。

柄にもない自棄酒《やけざけ》が、悪い回り方をしているようだ。引き戸を出てすぐ振り返ったとき、愛想笑いに潜む女将の嫌悪が透けて見えた。

西口の入り組んだ路地をふらふらと歩いていると、不意に声をかけられた。

「ずいぶんと御機嫌だな、人見の兄さん」

街灯の下に、派手なシャツの上に黒いジャンパーを羽織った男が立っていた。飛本組の金串だった。

稀郎は咄嗟に周囲を見回す。他には誰もいなかった。

「心配するな。おめえみてえな負け犬を痛めつけるのに手下はいらねえ。俺一人で充分だ。なにしろ、あの目障りだった花形はもうこの世にゃいねえんだからな」

身構える暇もなかった。

金串の鉄拳を顔面に食らい、稀郎は仰向けに倒れた。そこへ強烈な蹴りが執拗に加えられる。

稀郎は身を丸めて頭をかばうのが精一杯だった。どぶ板と血の臭いが鼻を衝いた。

全身を襲う強烈な痛みに、花形の傷を想起する。我と我が身にドスを突き立て、狂おしい慟哭《どうこく》を赤い血に変えていた。

あの痛みに比べりゃ、どうってこたぁねえはずさ――

少しは気が済んだのか、金串はやがて息を荒らげながら足を引き、

「いいことを教えてやろうか。おめえと錦田を売ったのは、都議の対馬センセイだよ」

汚泥にまみれた顔を上げ、ゆっくりと相手を振り仰ぐ。

なんの話だ――金串は何を言っている――

「なんのことか分からねえってツラだな。無理もねえ。行連の畝本やら児玉先生や

ら、大物の皆々様と御昵懇の兄ィだからな。下々のことなんかにゃあ目も届かねえんだろ」

前にも聞いた言葉であった。女性セルフの飯塚だったか――「行連や右翼の大物なんぞに気を取られて、足許のボヤに気づかなかったか」。

「だったら教えてやろうかい。こう見えても親切なタチなんだ。対馬はな、もともと錦田なんて少しも買っちゃいなかった。稲穂禎子の熱狂的なファンだったセンセイは、最初から錦田をダシにして禎子をモノにしようって魂胆だったのさ。そのときは二人がデキてるなんてこれっぱかりも知りやしねえ。ただ禎子が出てる映画の監督だくらいにしか思っていなかった。だから錦田の頼みを聞いてやったのさ」

金串は狐のように口を歪めて笑いながら、

「ところがいくら錦田を突っついても一向に返事をよこさねえ。業を煮やした対馬は、自分で女を呼び出した。そこでさあ口説こうとしたところ、女は泣きながら打ち明けたってわけさ。錦田の仕打ちをよ。その話のあまりの酷さに、センセイはもう怒り狂った。だがもう奴にはどうしようもなかった」

目に浮かぶ。錦田の話を白壁一家に回したのは対馬だ。体面も自尊心もある。今さら白壁一家にやめろとはどうしても言えない。

「そんなときに訪ねてきたのが、なんとかっていうトップ屋だ。センセイはそのトップ屋に、錦田の行状を何もかもぶちまけた。義憤に見せかけた私怨てやつさ」

そうか、清水の情報源は対馬だったのか。対馬が禎子から直接聞いたのなら、女性セルフの記事がやたらと詳しかったのも頷ける。

「分かったか、ゲス野郎」

そこで金串は、思い出したようにもう二発、稀郎の脇腹に蹴りを入れて、

「ちったあ思い知ったか、このチンピラが。何が映画だ。てめえなんざ、映画館よりそこのどぶン中がお似合いさ」

今回はまあまあのセリフじゃねえか——そう言おうとしたが声は出ない。

唾を吐いて金串は立ち去った。

外れたどぶ板の中から立ち上る強烈な悪臭に、血と反吐を吐き尽くす。今の己の姿を稀郎はどこかで見たように思った。

路地裏で悪漢に襲われ、どぶの中に転がる男。

実体験ではない。映画だ。映画のシーンだ。

幼い頃、出征直前の兄に連れられて観た映画。その中にこれと同じシーンがあった。

題名は——そうだ、『新しき東』。

唐突に思い出した。錦田欣明のデビュー作だ。

どうして今まで気づかなかったのだろう。

――稀郎、この映画は駄作だ。この錦田って新人監督はきっとつまらん人物だろう。

薄闇の客席で退屈を持て余していた稀郎の耳許で、確か兄はそう囁いた。

稀郎は半顔をどぶに突っ込んだ恰好で、声を上げて笑った。七歳の子供相手に、したり顔でそんなことを言っていた兄に。二十年以上も経って、その監督と関わり、同じシーンを演じる羽目になった自分に。

まるで同じ映画を何度も見返しているようだ。街灯のほの白い光まで、あのときの映画館にそっくりだ。

スクリーンの光を受けて、こちらを見下ろす兄の顔。

いや違う――あれは花形の顔か。それとも篠村の顔か。

映写機が狂いでもしたかのように、同じシーンを繰り返す。何度も、何度も、際限なく。

汚水に浸かり、稀郎はいつまでも笑い続けた。

市川崑の監督就任は、社会的にも大きな話題となった。

「撮影監督には宮川一夫を抜擢する」

市川崑によるその人選は、さらに大きな話題を映画界に巻き起こした。

さすがは市川崑だ――こいつは凄いアイデアだ――宮川さんが撮影につくんなら、きっといいシャシンになるに違いない――

そうした声の数々を、稀郎は虚ろな笑いを浮かべて聞いた。なんの冗談かとも思えるほどに皮肉なことには、記録映画であるにもかかわらず脚本家を起用するというプランまで錦田の案と同じであった。

一方、錦田が監督すると言われていた三島由紀夫原作の文芸大作はついに制作されなかった。

多忙を極める三島が企画に対して興味を失っただけなのかもしれないが、結局、錦田は単なる空手形をつかまされたというわけだ。それこそ政権禅譲の空手形をつかまされた大野伴睦と河野一郎のように。

これにより、錦田は映画界ですべての仕事を失った。松竹に不義理をしてまでこの企画の準備をしていたのだから当然だ。愛人騒動の余波と、行連の支持をかさに着た言動に対する反発とで、映画界から決定的に見放されたのだ。もちろん行連はすでに錦田から一切の手を引いている。

困窮した錦田は、あれほど馬鹿にしていたテレビの監督になった。

『青空かあさん』というたわいもないホームドラマであったが、皮肉なことに、その番組はそこそこの評判を取っていた。松竹出身の監督であるから、もともとホームドラマはお手のものと言っていい。あくまで〈そこそこ〉であるものの、番組の知名度が上がるにつれて、錦田自身も時折テレビに登場するようになった。

小さなブラウン管の中の錦田は、相変わらずヒキガエルのような御面相ではあったが、どこか気恥ずかしそうな、またそれでいて、もの悲しそうな惚《ほう》けた笑みを浮かべていた。

番組の合間に挟まるコマーシャルでは、潑剌《はつらつ》とした少女を演じるリカをよく見かけた。しかしその回数は日を追うごとに減っていき、やがてリカの姿を目にすることは絶えてなくなった。時代の波にうまく乗っているようでいて、結局は同じ波にさらわれたのだ。

その日の朝、稀郎は新大久保の安下宿で、階下から響く大家のだみ声に叩き起こされた。

「人見さん、電話だよ、人見さん、出ないならもう切っちゃうよっ」

寝乱れた恰好のまま階段を下りると、ゴマ塩頭の大家が不機嫌そうに受話器を差し出した。

「ウチはサービスで取り継いでやってるだけだから。下宿人用じゃないんだよ、ウチの電話は。相手の人にもよく言っといてね」

返事をするのもいまいましい。黙って受話器を受け取った。

こんな朝っぱらから一体誰だ――

「人見ですが」

〈あっ、人見さん、御無沙汰してます、若松です〉

若松？　若松孝二か。

「あんたかい。よくここの番号が分かったな」

〈八戸さんが教えてくれました〉

「へえ、あいつには教えてなかったはずだが、さすがだな」

好評を博した『甘い罠』の後も、若松は次々と問題作を発表して今や若手の鬼才と呼ばれるほどの存在となっていた。原爆症の少女を描いた『恐るべき遺産　裸の影』では、未成年のヌードを出したことを問題視されたりもしたが、それがかえって話題となり、社会派としての評価も手にしていた。

〈いきなり電話してすみません……なんだか人見さんの声が聞きたくなったものですから……〉

はっきりとは分からないが、若松の声は嗚咽をこらえているかのように震えていた。

「どうした、何があった」

〈電話じゃとても……人見さん、新宿で会えませんか〉

「そいつは構わねえが、今からか」

〈ええ……〉

「分かった。歌舞伎町のスカラ座はどうだ」

〈恩に着ます。そこでお待ちしています〉

「三十分、いや二十分くらいで行けると思う」

〈本当にすみません、こんな日に〉

こんな日？

一体なんの日だと聞き返そうとしたが、すでに電話は切れていた。

自室に戻り、いつもの革ジャンに着替えて下宿を出る。顔を洗っている余裕はない。電話の向こうの若松には、それほど切迫した気配があった。

歌舞伎町までは新大久保から歩いてすぐだ。

クラシックの素養はないが、名曲喫茶『スカラ座』には映画を観た帰りに何度か入ったことがある。

半地下になった暖炉の前の席で、若松はうなだれて座っていた。かつてあれほど活力に満ちていたその顔が、今は見る影もなくやつれている。

「おう監督。待たせたな」

カラ元気を振り絞って声をかける。

若松はほっとしたような表情を見せて立ち上がった。

「お久しぶりです、人見さん」

「今をときめく天下の若松孝二が、どうしたい、そんなにしょぼくれちまってよ」

しょぼくれ具合ではとても他人のことを言えたものではないが、日の出の勢いであるはずの若松の憔悴ぶりは気になった。

近寄ってきたボーイにコーヒーを注文して若松に向き直る。彼の前に置かれていたコーヒーは、とっくに冷め切っているようで手を付けた様子もない。

「実はさっき、死体が上がったって連絡があって……俺、これから現場に行かなきゃならないんです」

「おい、そりゃあ全体、なんの話だ」

「先月の末、会津若松《あいづわかまつ》の温泉場で新作の撮影をやってたんです。『手錠のまゝの脱獄』、御覧になりました？」

「ああ、観てる」

「あれみたいな話で、手錠につながれた男二人が脱獄するんです。なんだかんだ言って、俺、やっぱりどっかで調子に乗ってたんでしょうね。撮影の前の夜、みんなで大騒ぎしたんです。芸者も呼んで、夜通し飲んで……次の日はみんなもうふらふらです。それでも撮影を強行して……手錠を嵌めた役者が二人、川に飛び込んだ。渓流の浅瀬だから、みんな大丈夫だと思い込んでたんですが、見かけとは大違いで流れが速かった。みんな必死で探したんですが、とうとう見つからないままで……それで仕方なく東京に戻って……そしたら、今朝になって見つかったって……」

稀郎は運ばれてきたコーヒーを黙って啜った。

映画の撮影現場ではよくある話だ。

しかし当事者には耐えられまい。ましてやデビュー二年目の新人には。

「人見さん、俺、人を殺しちまったんです。二人も殺しちまったんです」

「それで俺にどうしろってんだい」

あえて突き放すように言う。

「そんな……ただ、東京を発つ前に、急に人見さんに会いたくなって……」

「若松さん、あんたの仕事はなんなんだい」

若松は虚を衝かれたように、

「俺の仕事、ですか」

「監督じゃあなかったのかい、映画のさ」

「その通りです」

「甘えてんじゃねえ。監督ってのはな、映画のためには何があっても、どんな責任であっても引き受ける。その覚悟もなしに、あんたは映画をやってたのかい」

若松は黙った。

「こんな所でぐずついてねえで、さっさと行け。ちゃんとやるべきことをやってこい。その上で、あっちこっちに土下座してでも次の作品を撮ればいい。監督の落とし前の付け方はそれしかねえ。いい作品を撮って、死ぬときはそいつを手土産に地獄へ行け。死んだ役者が許してくれるほどの作品を撮るんだよ」

映画に絶望したはずの自分の口が、どうしてここまで映画への希望を語れるのか。我ながら不思議というより異様に思えた。あるいは妄執の残滓《ざんし》かもしれない。

しばらく俯いていた若松は、目をしばたたいて立ち上がった。

「ありがとうございました。俺、人見さんに甘えてました。人見さんの方がよっぽど大変だったろうに……」

「俺の話なんざどうでもいい。さっさと行けよ」

「はい。こんな日にすみませんでした」

深々と一礼し、コーヒー代には多すぎる紙幣を残して若松は去った。

残された稀郎は、ぼんやりと聞いたばかりの話を反芻《はんすう》した。順調に監督の道を歩み始めたと思っていた若松が、こんな苦境にあったとは。残りのコーヒーを一気に飲み干す。やけに苦い。世の中は苦いものだらけだ。甘いと思って油断をすると、すかさず手痛いツケが回ってくる。

すぐに立つ気にもなれず、空席の目立つスカラ座でぼんやりと無為の時を過ごす。この先、若松が挫《くじ》けずに監督を続けてくれるといいのだが——

不意に思い至った。

若松はまたも〈こんな日〉と言っていた。

聞きそびれちまったなあ——今日が一体なんの日なのか——

スカラ座を出た稀郎は、下宿とは反対の方向へとぶらぶらと歩き出した。

よく晴れた清々しい日であった。空はどこまでも青く高く、眩しくも柔らかな秋の陽は清涼の気を含んで心地好い。黴臭《かびくさ》い下宿へ戻る気になれず、あてもなくただ足の向くままに歩き続けた。起きてから顔も洗っていないし、コーヒー一杯飲んだきりだが、空腹はまるで感じなかった。中身のない風船のように、街から街へふわりと漂う。仕事の予定は何もない。今日も、明日も、明後日も。

行き交う人の足音も話し声も、廃線を控えた都電の軋《きし》みも、トロリーバスの細長い影も、何もかもが薄い膜を隔てているかのように、ぼんやりとしか感知できない。

それでも、街の空気がいつもとどこか違っているのはなんとなく伝わってきた。

騒がしく高揚し、また同時に、張り詰めたような緊張感がある。

知ったことか――

世間と己の間に掘った、溝の向こうの出来事だ。知ったことか。

天候とは正反対の気分でどこまでも歩き続ける。やがて商店街の一角に、大勢の人だかりができているのが目に付いた。

なんだろうと思って覗いてみると、電器屋のショーウインドウに置かれたテレビであった。

今どきテレビなんて珍しくもねえのに、また何を観てやがるんだろう――

人々は一様に興奮した面持ちで、食い入るようにテレビに見入っている。小学生くらいの子供が、妙に甲高い声で叫んだ。

「オリンピックだ」

ざらついた画面に映し出されているのは、まぎれもなく国立競技場――旧称明治神宮外苑競技場であった。

稀郎はようやく、今日が十月十日であることに気がついた。

若松が言っていたのはこのことだったのか――

あれほどオリンピック記録映画のために奔走した自分が、開会式の日取りさえ忘れていたとは。

こいつは笑える――

少しも笑うことなく、心の中でそう呟く。

かつて兄を見送ったのと同じ場所で執り行なわれる儀式。稀郎はどうしようもない無力感とともに小さなブラウン管を見つめた。

天皇、皇后の臨場から始まった式は、終始穏やかに、そして熱狂的に進行した。

それは誰もが思った通り、日本復興の象徴であり、点された聖火はその狼煙《のろし》であった。

国のために、日本のために、命懸けで戦わんとする決意を秘めた顔、顔、顔。

その顔に、その光景に、遠い雨の日を思い出す。

だが整然と並ぶ選手達の中に、兄の姿はない。

テレビに見入る人々から離れ、一人無言で商店街を歩き出す。

これだけ雨が降っているのに、どうして誰も傘を差さないのだろう――

二十一年前と同じく、またしても自分だけが取り残され、兄のように埋もれていくのを稀郎はぼんやりと感じていた。

謝辞

本書の執筆に当たり、映画評論家の真魚八重子氏より貴重な御助言を頂きました。
ここに深く感謝の意を表します。

［主要参考文献］

『東京オリンピック』各号　オリンピック東京大会組織委員会発行
『昭和二万日の全記録　第12巻　安保と高度成長　昭和35年－38年』講談社編　講談社
『わがオリンピック映画構想　スポーツを知らないから自由に描ける』市川崑　キネマ旬報1964年6月下旬号　キネマ旬報社
『東京オリンピック映画始末記』市川崑　中央公論1965年8月号　中央公論社
『地図と写真で見る東京オリンピック1964』ブルーガイド編集部編　実業之日本社
『東京オリンピック1964』フォート・キシモト　新潮社編　新潮社
『TOKYOオリンピック物語』野地秩嘉著　小学館文庫
『毎日ムック　シリーズ　20世紀の記憶　高度成長　ビートルズの時代1961－1967』毎日新聞社
『若松孝二・俺は手を汚す』若松孝二著　河出書房新社
『時効なし。』若松孝二著　小出忍　掛川正幸編　ワイズ出版
【増補決定版】若松孝二　反権力の肖像』四方田犬彦　平沢剛編　作品社
『人は大切なことも忘れてしまうから』斉藤正夫　田中康義　宮川昭司　山田太一　吉田剛　渡辺浩編著　マガジンハウス

『評伝　黒澤明』堀川弘通著　毎日新聞社
『異説・黒澤明』文藝春秋編　文春文庫
『市川雷蔵かげろうの死』田山力哉著　現代教養文庫
『児玉誉士夫　巨魁の昭和史』有馬哲夫著　文春新書
『野中広務　差別と権力』魚住昭著　講談社文庫
『疵――花形敬とその時代』本田靖春著　ちくま文庫
『やくざ外伝　柳川組二代目　小説・谷川康太郎』猪野健治著　ちくま文庫
『実録　安藤組外伝　修羅場の人間学』森田雅著　徳間文庫
『花と銃弾　安藤組幹部　西原健吾がいた――』向谷匡史著　青志社
『ヤクザと東京五輪２０２０　巨大利権と暴力の抗争』竹垣悟　宮崎学著　徳間書店
『都電系統案内――ありし日の全41系統――』諸河久著　ネコ・パブリッシング
『東京オリンピック時代の都電と街角　新宿区・渋谷区・港区（西部）・中野区・杉並区編　昭和30年代～40年代の記憶』小川峯生　生田誠著　アルファベータブックス
『朝日・読売・毎日新聞社が撮った　京王線、井の頭線の街と駅　１９６０～８０年代』生田誠著　アルファベータブックス
『都電が走った１９４０年代～６０年代の東京街角風景』稲葉克彦著　フォト・パブリッシング

解説

柳下毅一郎（映画評論家）

悪のオリンピック映画史

近代オリンピックは一八九六年、第一回ギリシャ大会にはじまる。その前年、一八九五年一二月二八日、リュミエール兄弟はパリのグラン・カフェで史上最初の映画上映をおこなった。すなわちオリンピックと映画とは、同時期に誕生した双子のような存在なのである。だが、その関係が公式なものになるのは一九三〇年のことである。国際オリンピック委員会は大会の公式映画を製作するようにその年、オリンピック憲章で定めた。一九三二年ロサンゼルス大会は、映画産業のお膝元で開かれたにもかかわらず、公式映画は作られなかった。だが、一九三六年、ベルリン大会はオリンピックと映画の関係を大きく変えることになる。ドイツの政権を握っていたナチス党はオリンピックを国威発揚の舞台としてフル活用しようとした。その最大の武器が公式映画であり、その監督レニ・リーフェンシュタールだった。

リーフェンシュタールによるベルリン・オリンピックの記録映画〈オリンピア二部作〉（『民族の祭典』『美の祭典』）は、ただオリンピック映画というだけでなく、ドキュメンタリー映画史上に残る作品であった。リーフェンシュタールは記録としての映画撮影に真っ向から反旗を翻《ひるがえ》し、堂々と自分の美学を主張してみせた。大量の記録映像を時系列をも無視して切り貼りしただけでなく、必要とあれば選手を集めての再撮影・再現も厭《いと》わずに、いわば理想のオリンピック競技会を映画として作りあげたのだ。リーフェンシュタールの映画は大反響を呼び、オリンピック映画のひとつの理想形ともなった。問題は、その雛形《ひながた》がリーフェンシュタールのナチス党大会ドキュメンタリーである『意志の勝利』であり、リーフェンシュタールの美学がナチスの思想と一致していたことである。それがリーフェンシュタール個人の問題であり、オリンピック公式映画そのものに内在する問題とみなされなかったおかげで、以後クロード・ルルーシュ（一九六八年グルノーブル大会）、カルロス・サウラ（一九九二年バルセロナ大会）といった一流作家による記録映画が作られることになる。

だが、リーフェンシュタールのオリンピック映画にもっともダイレクトに反応したのは日本の映画人だったかもしれない。

一九四〇年、山本嘉次郎監督の『馬』で助監督をつとめていた黒澤明（本作では、当時多忙だった山本監督に代わって、多くの場面で演出をつとめ、実質的な監督第一作だったとも言われる）は、その主演だった高峰秀子と一緒に、ロケ地盛岡《もりおか》の映画館で〈オリンピア〉を観た。少女スターと前途有望な助監督との、ひそやかなデートであったらしい。だが、観終わった黒澤は映画に深くショックを受け、宿への帰り道、考えに沈んで黙りこくってしまったので、すっかりデートの雰囲気など雲散霧消してしまったとか。

黒澤明にとってそれがいかに衝撃的だったのかは、それから二〇年後、実際にオリンピックの記録映画を作ることになったときの構想からも窺い知れる。一九六〇年七月、東京五輪の組織委員会から委託を受けて記録映画の監督に就任した黒澤は、カメラ七〇台、カメラマン一二〇人の巨大クルーによって撮影する計画を立てた。陸上の一〇〇メートル走はゴール前方から望遠レンズによってランナーの真正面からのクローズアップを撮ろうと考え、ゴール地点の近くに穴を掘ってカメラを据えることまで考えていたという。いいカットを撮るためには競技の邪魔をすることも辞さない態度は、まちがいなくリーフェンシュタールの衝撃を継ぐものである。

だが、黒澤の野心的な計画には主として予算面からストップがかかり、一九六三年三月、大会を一年後に控えて、黒澤は公式監督の座から降板する。そもそも日本国内にあるすべての35ミリカメラをこの撮影のために「接収」しようとする、よく言えば野心的な、はっきり空想的な計画だったので、いずれこうなるのは見えていたとも言える。

そこから、『悪の五輪』の物語がはじまる。

幡ヶ谷に本拠地を置く白壁一家の人見稀郎は、稼業よりも映画館の暗闇に沈んでいるほうが好きな変わり者のヤクザである。今日も今日とて映画館でミケランジェロ・アントニオーニの新作に没頭しているところを親分に呼び出され、黒澤明が降板したあとの東京オリンピック公式映画の監督になりたがっている輩《やから》がいると聞かされる。錦田欣明は松竹の中堅監督だった。黒澤の降板という千載一遇《せんざいいちぐう》の好機を得て、平凡な職人監督だった錦田に分不相応な野心が宿ったのである。これを実現すれば、一介の職人監督でしかなかった自分も歴史に名を残す存在になれるかもしれない。不承不承関わることになった人見だったが、いつしかその野心が感染し、錦田のプロデューサーとしてその夢を実現させるために走りはじめる。その中で、弱小暴力団の一介のチンピラでしかなかった人見は、伝説のヤクザ花形敬をはじめ、巨魁《きょかい》児玉誉士夫、大映社長の永田雅一、暗い色をたたえた二枚目の田宮二郎、そしてピンク映画の監督になろうとしている若者、若松孝二ら映画界に蠢《うごめ》く大小様々な人々と関わりを持つことになる。

これは、ありえたかもしれない物語だ。もとより映画興行と裏社会のつながりは深く、そこにはフリーのプロデューサーという肩書きの山師が蠢いている。そこに国家事業という名で金と名誉の餌をまけば、いっせいに飢えた魚たちが群がってくるだろう。鋭い牙をもった大型の肉食魚同士が睨《にら》みあう隙間を、スピードと奸智《かんち》を武器に獲物をかっさらう小型魚、それが人見だ。錦田にとっても、自分にとっても大きすぎる獲物だが、運を味方につければ、あるいは大物たちの鼻先をかすめてかっさらっていけるかもしれない。

そんな人見の思惑《おもわく》に、実在した戦後日本の大物たちが様々なかたちで関わってくる。いわば国家的悲願としてあった巨大イベント、東京オリンピックの光が投げる大きな影の中で、闇の怪物たちは生き生きと躍動する。オリンピックという大きな光があればこそ、海千山千の怪物たちの暗躍する影も広がろうというものだ。いや、むしろそれこそが国家イベントなるものの本質であるのかもしれない。『悪の五輪』のほうこそがオリンピックの真の姿なのだと、人見はどこかで直観している。居並ぶ実在の昭和の怪物たちは、それを我々読者に教えてくれる存在なのだ。

人見はヤクザでありながら、どこか醒《さ》めた男である。もともとこの稼業に入ったのも、身寄りのない彼を拾ってくれたのが映画好きの親分だったというだけで、憧れもなければ夢もない。だが、その彼には、ただひとつ絶対に譲れないものがある。それが映画だった。映画に対してだけは人見は真摯《しんし》であり、それゆえ錦田のこともどうしても信用できずにいる。錦田は一度も自分を狂わせるような映画を作っていない人間だからだ。

それでもなお、人見は錦田の計画に乗らずにはいられない。「でもしか」でヤクザになった人見は、自分がヤクザであるとは信じられないでいる。どこか自分のこの暮らしは嘘だと思い、突き放した目で見ている。月村了衛の主人公はいつもそうだ。自分のこいまま、ヤクザに身をやつしている男。月村了衛の主人公はいつもそうだ。自分のことが信じられず、「ここではないどこか」への憧れを抱えたまま、「そこではない場所」で生きている男たち。人見にとって、本気で自分を白熱させてくれるのは映画だけなのだ。

オリンピックの名のもとに蠢く魑魅魍魎《ちみもうりよう》たち。どんな美名が掲げられていようとも、オリンピックなど利権まみれの悪の祭典でしかない。人見はそれを直観しているからこそ、そこに真っ黒な手を突っ込むのは厭わない。だが、彼は映画に対してだけは真剣なのだ。だから人見は叫ぶのである。

「オリンピックなんざ、嘘だ……嘘の塊だ……俺が映画で……本物にして……やるんだ……」

もちろん、人見は大いなる怪物たちに敗北する。自分がヤクザであることすら信じられないヤクザが、自分が怪物であると信じて疑わない怪物に勝てるだろうか。だが、それでも人見がそこに幻視した映画だけは本物なのである。

なお、黒澤明の五輪映画についてはWｅｂサイトCINEMORE掲載のモルモット吉田氏による「黒澤明監督版『東京オリンピック』はなぜ実現しなかったのか前・中・後編」が詳しい。幻の黒澤版『東京オリンピック』のかたちまで幻視させてくれる興味深い小論なので、是非本作の参考資料として目を通していただきたい。
https://cinemore.jp/jp/news-feature/1169/article_p1.html

本作品中には、現在の眼からみれば差別的な表現、用語が使用されています。しかし、作品の時代背景、著者に差別助長の意図がないことなどを考慮し、そのままとしました。皆様のご賢察をお願いいたします。
また、本作品はフィクションであり、実在の人物、団体とは一切関係ありません。

（編集部）

本書は二〇一九年五月、小社より単行本として刊行されたものです。

|著者| 月村了衛　1963年大阪府生まれ。早稲田大学第一文学部文芸学科卒業。2010年『機龍警察』で小説家デビュー。'12年に『機龍警察　自爆条項』で日本SF大賞、'13年に『機龍警察　暗黒市場』で吉川英治文学新人賞、'15年に『コルトM1851残月』で大藪春彦賞、『土漠《どばく》の花』で日本推理作家協会賞、'19年『欺《だま》す衆生《しゆじよう》』で山田風太郎賞を受賞した。他の著書に『神《み》子《こ》上典膳《がみてんぜん》』『奈落で踊れ』『白日』『非弁護人』などがある。

悪《あく》の五輪《ごりん》

月村了《つきむらりよう》衛《え》

2021年7月15日第1刷発行

発行者――鈴木章一

発行所――株式会社　講談社

東京都文京区音羽2-12-21　〒112-8001

電話 出版 (03) 5395-3510

販売 (03) 5395-5817

業務 (03) 5395-3615

Printed in Japan

講談社文庫

定価はカバーに
表示してあります

KODANSHA

デザイン―菊地信義

本文データ制作―講談社デジタル製作

印刷―――大日本印刷株式会社

製本―――大日本印刷株式会社

ISBN978-4-06-520038-4

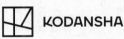

講談社文庫刊行の辞

二十一世紀の到来を目睫に望みながら、われわれはいま、人類史上かつて例を見ない巨大な転換期をむかえようとしている。

世界も、日本も、激動の予兆に対する期待とおののきを内に蔵して、未知の時代に歩み入ろうとしている。このときにあたり、創業の人野間清治の「ナショナル・エデュケイター」への志を現代に甦らせようと意図して、われわれはここに古今の文芸作品はいうまでもなく、ひろく人文・社会・自然の諸科学から東西の名著を網羅する、新しい綜合文庫の発刊を決意した。

激動の転換期はまた断絶の時代である。われわれは戦後二十五年間の出版文化のありかたへの深い反省をこめて、この断絶の時代にあえて人間的な持続を求めようとする。いたずらに浮薄な商業主義のあだ花を追い求めることなく、長期にわたって良書に生命をあたえようとつとめるところにしか、今後の出版文化の真の繁栄はあり得ないと信じるからである。

同時にわれわれはこの綜合文庫の刊行を通じて、人文・社会・自然の諸科学が、結局人間の学にほかならないことを立証しようと願っている。かつて知識とは、「汝自身を知る」ことにつきていた。現代社会の瑣末な情報の氾濫のなかから、力強い知識の源泉を掘り起し、技術文明のただなかに、生きた人間の姿を復活させること。それこそわれわれの切なる希求である。

われわれは権威に盲従せず、俗流に媚びることなく、渾然一体となって日本の「草の根」をかたちづくる若く新しい世代の人々に、心をこめてこの新しい綜合文庫をおくり届けたい。それは知識の泉であるとともに感受性のふるさとであり、もっとも有機的に組織され、社会に開かれた万人のための大学をめざしている。大方の支援と協力を衷心より切望してやまない。

一九七一年七月

野間省一

講談社文庫 最新刊

月村了衛
悪の五輪
東京オリンピックの記録映画監督を黒澤明が降板した。次を狙うアウトローの暗躍を描く。

長岡弘樹
夏の終わりの時間割
『教場』の大人気作家が紡ぐ「救い」の物語。ほろ苦くも優しく温かなミステリ短編集。

川瀬七緒
スワロウテイルの消失点〈法医昆虫学捜査官〉
なぜ殺人現場にこの虫が!? 感染症騒ぎから、思わぬ展開へ——大人気警察ミステリー!

秋《あき》保《う》水《すい》菓《か》
コンビニなしでは生きられない
コンビニで次々と起こる奇妙な事件。バイト二人の謎解き業務始まる。メフィスト賞受賞作。

北山猛邦
さかさま少女のためのピアノソナタ
五つの物語全てが衝撃のどんでん返し、痺《しび》れる余韻《よいん》。ミステリの醍醐味が詰まった短編集。

倉阪鬼一郎
八丁堀の忍(五)〈討伐隊、動く〉
裏伊賀の討伐隊を結成し、八丁堀を発つ鬼市《おにいち》達。だが最終決戦を目前に、仲間の一人が……。

作画：蔡志忠
訳：和田武司
監修：野末陳平
マンガ 孫子・韓非子の思想
戦いに勝つ極意を記した「孫子《そんし》の兵法」と、韓《かん》非《び》子の法による合理的支配を一挙に学べる。

マイクル・コナリー
古沢嘉通 訳
鬼火(上)(下)
Amazonプライム人気ドラマ原作シリーズ。LAハードボイルド警察小説の金字塔。

講談社タイガ
保坂祐希
大変、申し訳ありませんでした
罵声もフラッシュも、脚本どおりです。謝罪会見を裏で操る謝罪コンサルタント現る!

講談社文芸文庫

多和田葉子
溶ける街 透ける路
ブダペストからアンマンまで、ドイツ在住の〝旅する作家〟が自作朗読と読者との対話を重ねて巡る、世界48の町。見て、食べて、話して、考えた、芳醇な旅の記録。
解説＝鴻巣友季子　年譜＝谷口幸代
たＡＣ７
978-4-06-524133-2

多和田葉子
ヒナギクのお茶の場合／海に落とした名前
パンクな舞台美術家と作家の交流を描く「ヒナギクのお茶の場合」（泉鏡花文学賞）、レシートの束から記憶を探す「海に落とした名前」ほか全米図書賞作家の傑作九篇。
解説＝木村朗子　年譜＝谷口幸代
たＡＣ６
978-4-06-519513-0

辻村深月　ゼロ、ハチ、ゼロ、ナナ。
辻村深月　V.　T.　R.
辻村深月　光待つ場所へ
辻村深月　ネオカル日和
辻村深月　島はぼくらと
辻村深月　家族シアター
辻村深月　図書室で暮らしたい
新川直司　漫画　辻村深月　原作　コミック　冷たい校舎の時は止まる(上)(下)
津村記久子　ポトスライムの舟
津村記久子　カソウスキの行方
津村記久子　やりたいことは二度寝だけ
津村記久子　二度寝とは、遠くにありて想うもの
恒川光太郎　竜が最後に帰る場所
月村了衛　神《み》子《こ》上《がみ》典《てん》膳《ぜん》
フランソワ・デュボワ　太極拳が教えてくれた人生の宝物〈中国・武当山90日間修行の記〉
土居良一　海　翁　伝
ドウス昌代　イサム・ノグチ〈宿命の越境者〉(上)(下)
鳥羽　亮　御隠居剣法〈駆込み宿　影始末(一)〉
鳥羽　亮　ねむり鬼《き》剣《けん》〈駆込み宿　影始末〉
鳥羽　亮　霞隠れの女〈駆込み宿　影始末〉
鳥羽　亮　のっとり奥坊主〈駆込み宿　影始末〉
鳥羽　亮　かげろう妖剣〈駆込み宿　影始末〉
鳥羽　亮　霞《かすみ》と飛《ひ》燕《えん》〈駆込み宿　影始末〉
鳥羽　亮　闇姫変化〈駆込み宿　影始末〉
鳥羽　亮　鶴亀横丁の風来坊
鳥羽　亮　金貸し権兵衛〈鶴亀横丁の風来坊〉
鳥羽　亮　提《ちょう》灯《ちん》斬り〈鶴亀横丁の風来坊〉
鳥羽　亮　お京危うし〈鶴亀横丁の風来坊〉
鳥羽　亮　狙われた横丁〈鶴亀横丁の風来坊〉
東郷　隆　上田　信　絵　【絵解き】雑兵足軽たちの戦い〈歴史・時代小説ファン必携〉
堂場瞬一　八月からの手紙
堂場瞬一　壊れる心〈警視庁犯罪被害者支援課〉
堂場瞬一　邪心〈警視庁犯罪被害者支援課2〉
堂場瞬一　二度泣いた少女〈警視庁犯罪被害者支援課3〉
堂場瞬一　身代わりの空(上)(下)〈警視庁犯罪被害者支援課4〉
堂場瞬一　影の守護者〈警視庁犯罪被害者支援課5〉
堂場瞬一　不信の鎖〈警視庁犯罪被害者支援課6〉
堂場瞬一　空白の家族〈警視庁犯罪被害者支援課7〉
堂場瞬一　傷
堂場瞬一　埋れた牙
堂場瞬一　Killers(上)(下)
堂場瞬一　虹のふもと
堂場瞬一　ネタ元
堂場瞬一　ピットフォール
土橋章宏　超高速！参勤交代
土橋章宏　超高速！参勤交代　リターンズ
戸谷洋志　Jポップで考える哲学〈自分を問い直すための15曲〉
富樫倫太郎　信長の二十四時間
富樫倫太郎　風の如く　吉田松陰篇
富樫倫太郎　風の如く　久《く》坂《さか》玄《げん》瑞《ずい》篇
富樫倫太郎　風の如く　高杉晋作篇
富樫倫太郎　スカーフェイス〈警視庁特別捜査第三係・淵神律子〉
富樫倫太郎　スカーフェイスII　デッドリミット〈警視庁特別捜査第三係・淵神律子〉
富樫倫太郎　スカーフェイスIII　ブラッドライン〈警視庁特別捜査第三係・淵神律子〉
豊田　巧　警視庁鉄道捜査班〈鉄血の警視〉
豊田　巧　警視庁鉄道捜査班〈鉄路の牢獄〉
夏樹静子　新装版　二人の夫をもつ女

中井英夫 新装版 虚無への供物(上)(下)
中島らも 僕にはわからない
中島らも 今夜、すべてのバーで〈新装版〉
鳴海 章 フェイスブレイカー
鳴海 章 謀略航路
鳴海 章 全能兵器AiCO《アイコ》
中嶋博行 ホカベン ボクたちの正義
中嶋博行 新装版 検察捜査
中嶋博行 新検察捜査
中村天風 運命を拓く〈天風瞑想録〉
中山康樹 ジョン・レノンから始まるロック名盤
梨屋アリエ でりばりぃAge
梨屋アリエ ピアニッシシモ
中島京子 妻が椎茸だったころ
中島京子ほか 黒い結婚 白い結婚
奈須きのこ 空の境界(上)(中)(下)
中村彰彦 乱世の名将 治世の名臣
長野まゆみ 簞笥のなか
長野まゆみ レモンタルト
長野まゆみ チマチマ記
長野まゆみ 冥途あり
長野まゆみ 45°〈ここだけの話〉
長嶋 有 夕子ちゃんの近道
長嶋 有 佐渡の三人
永嶋恵美 擬態
永井 均 内田かずひろ 絵 子どものための哲学対話
なかにし礼 戦場のニーナ
なかにし礼 生きる力〈心でがんに克《か》つ〉
なかにし礼 夜の歌(上)(下)
中村文則 最後の命
中村文則 悪と仮面のルール
編/解説 中田整一 真珠湾攻撃総隊長の回想〈淵田美津雄自叙伝〉
中田整一 四月七日の桜〈戦艦「大和」と伊藤整一の最期〉
中村江里子 女四世代、ひとつ屋根の下
中野美代子 カスティリオーネの庭
中野孝次 すらすら読める方丈記
中野孝次 すらすら読める徒然草
中山七里 贖罪の奏鳴曲《ソナタ》
中山七里 追憶の夜想曲《ノクターン》
中山七里 恩讐の鎮魂曲《レクイエム》
中山七里 悪徳の輪舞曲《ロンド》
長島有里枝 背中の記憶
長浦 京 赤刃《セキジン》
長浦 京 リボルバー・リリー
中脇初枝 世界の果てのこどもたち
中脇初枝 神の島のこどもたち
中村ふみ 天空の翼 地上の星
中村ふみ 砂の城 風の姫
中村ふみ 月の都 海の果て
中村ふみ 雪の王 光の剣
中村ふみ 永遠《とわ》の旅人 天地の理《ことわり》
中村ふみ 大地の宝玉 黒翼《こくよく》の夢
夏原エキジ Cocoon〈修羅の目覚め〉
夏原エキジ Cocoon2〈蠱惑の焔〉
夏原エキジ Cocoon3〈幽世の祈り〉
夏原エキジ Cocoon4〈宿縁の大樹〉
西村京太郎 華麗なる誘拐

西村京太郎 寝台特急「日本海《メモリー・トレイン》」殺人事件
西村京太郎 十津川警部 帰郷・会津若松
西村京太郎 特急「あずさ《アリバイ・トレイン》」殺人事件
西村京太郎 十津川警部の怒り
西村京太郎 宗谷本線殺人事件
西村京太郎 奥能登に吹く殺意の風
西村京太郎 特急「北斗1号《スーサイド・トレイン》」殺人事件
西村京太郎 十津川警部 湖北の幻想
西村京太郎 九州特急「ソニックにちりん」殺人事件
西村京太郎 東京・松島殺人ルート
西村京太郎 新装版 殺しの双曲線
西村京太郎 愛の伝説・釧路湿原
西村京太郎 山形新幹線「つばさ」殺人事件
西村京太郎 新装版 名探偵に乾杯
西村京太郎 十津川警部 君は、あのSLを見たか
西村京太郎 南伊豆殺人事件
西村京太郎 十津川警部 青い国から来た殺人者
西村京太郎 十津川警部 箱根バイパスの罠
西村京太郎 新装版 天使の傷痕

西村京太郎 新装版 D機関情報
西村京太郎 十津川警部 猫と死体はタンゴ鉄道に乗って
西村京太郎 韓国新幹線を追え
西村京太郎 北リアス線の天使
西村京太郎 十津川警部 長野新幹線の奇妙な犯罪
西村京太郎 上野駅殺人事件
西村京太郎 京都駅殺人事件
西村京太郎 沖縄から愛をこめて
西村京太郎 十津川警部「幻覚」
西村京太郎 函館駅殺人事件
西村京太郎 内房線の猫たち〈異説里見八犬伝〉
西村京太郎 東京駅殺人事件
西村京太郎 長崎駅《ナガサキ・レディ》殺人事件
西村京太郎 十津川警部 愛と絶望の台湾新幹線
西村京太郎 西鹿児島駅殺人事件
西村京太郎 札幌駅殺人事件
西村京太郎 十津川警部 山手線の恋人
西村京太郎 仙台駅殺人事件
西村京太郎 七人の証人〈新装版〉

仁木悦子 猫は知っていた
新田次郎 新装版 聖職の碑《いしぶみ》
日本文芸家協会編 愛染夢灯籠〈時代小説傑作選〉
日本推理作家協会編 犯人たちの部屋〈ミステリー傑作選〉
日本推理作家協会編 隠された鍵〈ミステリー傑作選〉
日本推理作家協会編 Play《プレイ》推理遊戯〈ミステリー傑作選〉
日本推理作家協会編 Doubt《ダウト》きりのない疑惑〈ミステリー傑作選〉
日本推理作家協会編 Bluff《ブラフ》騙し合いの夜〈ミステリー傑作選〉
日本推理作家協会編 Propose《プロポーズ》告白は突然に〈ミステリー傑作選〉
日本推理作家協会編 Acrobatic《アクロバティック》物語の曲芸師たち〈ミステリー傑作選〉
日本推理作家協会編 ベスト8ミステリーズ2015
日本推理作家協会編 ベスト6ミステリーズ2016
日本推理作家協会編 ベスト8ミステリーズ2017
二階堂黎人 ラン迷宮〈二階堂蘭子探偵集〉
二階堂黎人 増加博士の事件簿
新美敬子 猫のハローワーク
新美敬子 猫のハローワーク2
西澤保彦 新装版 七回死んだ男
西澤保彦 人格転移の殺人

2021年6月15日現在